U0907517

所有的答案都在人生里

THE BEST ANSWERS TO LIFE

慈怀读书会
主编

江苏凤凰文艺出版社
JIANGSU PHOENIX LITERATURE AND ART PUBLISHING, LTD

歌德诗曰："永恒之女性，引导我们走。"
走向何方？走向一个更实在的人生，一个
更人情味的社会。

——周国平

PREFACE I

序 I

每个女人都需要一座精神的灯塔

文 / 韦娜

小时候读书，我印象最深的一篇文章写的是花木兰代父从军。长大后，自己从事的工作是和读书写作打交道，其中让我深深着迷的一类书是诸多优秀女性的传记或访谈。

在她们的爱恨交织中，我看到她们的温柔、夺目与善良，试着理解她们的理性、坚强与独立；我看到真实而鲜活的她们，感受着她们勇于追逐理想且充满自信的生活态度。无数次，我都萌生过一种想法——把我感受到的精神之光，分享给更多女性，与她们一起挥去迷茫，解开困惑，走向向往的生活。

现实总是残忍的，生活会把很多人磨砺成我们不得不成为的样子。一个鲜花般的少女可能突然之间凋零，一个叱咤职场的女强人也会遭受重挫，为了生存，我们一次次地牺牲自己去适应这烟火人生，一次次地向他人的思维方式妥协，有的人会在一次次挫败中陷入恶性循环，不断牺牲，不断妥协，直至彻底丧失理想，失去斗志。

现实中，跌落都太容易，一蹶不振都很真实，但是，当我们重新审视那些挫败时，是否心中仍有不甘与不想放弃？

所以，我一遍遍地品读那些卓越精英女性的故事，感受她们的思绪，欣赏她们的豁达以及在困境中永不言弃的精神。她们创造的不是个人的神话，更不是虚无的童话，她们实实在在地打破了命运对自己的禁锢，并勇敢撕碎了被他人贴上的标签。

喜欢香奈儿，她说生活不曾取悦于我，我只好创造自己想要的生活。我们可以看到她在悲惨的童年里挣扎，在爱情中一次次面对分离，竞争对手对她更是无比毒舌，更可怕的是，父亲一次次欺骗她……即便站在命运的深渊之中，沉入深海之底，她却依然靠自己的力量浮到洒满阳光的海面之上，建立起香奈儿王国，成为无人可替代的“时尚女王”。

欣赏美国前第一夫人米歇尔，她每天四点半起床，运动、照顾家人、处理工作，在众多角色中游刃有余。她的丈夫奥巴马赞美她的演讲能力其实是超越自己的，每次听她的演讲，都会被触动。所以，他在写给她的信中，才会如此深情：“你是我亲密无间的妻子，更是给我力量、让我依赖的朋友。”

……

这本书讲述了21位优秀女性的人生传奇，每个人都有她的独特之处，都有她可以随时披挂起来的铠甲，以及让她瞬间落泪的软肋。

我有时会悲观地想，假如世上不存在这些灯塔般的精英女性，我们如何在茫茫黑暗中穿越人生的大海。

她们是我们前行的光芒、信心、力量，却又远远不止如此。许多人喜欢用“博爱、自由”等诸如此类的词语，来归纳形容她们，我却认为，任何用来形容精英女性的词语，都是一种束缚，未免苍白。

美好的女性身上流淌的不只是力量、勇气，还有她们对这个世界的宽容与爱，她们在多重身份中依然保持了独立的思想。正是因为她们的存在，这个世界才多了温情的色彩，才让我们知道了到底什么是真正的“超级英雄”。

PREFACE Ⅱ

序Ⅱ

一本送给女孩的书

文 / 诺澄

有一个问题曾经困惑了我很长时间，那就是——女孩子到底应该是什么样子的？

我出生在中国男女平等可能做得最好的城市——上海。我是家里的独女，从小父母就在我的成长上倾注了极多的心血。20 世纪 80 年代之初，普通人家的家境大都不富裕，但是我却从来没有感受过一点点生活的窘迫。尤其在我的学业上，父母更是不遗余力，有求必应。记得当时我家住在上海郊区，每一次父亲到市区办事，都热衷于逛新华书店，带回一本又一本书。有时候他记性不好，还会买重复了。即使如此，他也不觉得那是浪费。但是，似乎没有一个人真正教过我该如何做一个女孩。至少我的父母没有。他们教给我的只是：你和男孩没什么不同，男孩可以的，你也可以。可是男女怎么可能没有不同，从身体构造、思维方式到以后的社会角色明明都不同。到后来，当我成为妻子和母亲，在工作、家庭、孩子还有爱好之间挣扎着平衡和兼顾时，父母又会劝说我：“不要太辛苦。女人，还是要有女人的样子。”我很困惑，父母花了极多的心血培养了一个和男孩一样优秀的女孩，但是当这个女孩成为母亲和妻子的时候，却又要她变回女人该有的样子——温和、顺从、忍让、顾及别人的想法，唯独没有自我。

女人是否可以比男人更加成功，同时又保有幸福的婚姻？朋友告诉我一个“四分之三新黄金定律”，即妻子的收入是丈夫的四分之三是家庭稳定的保障。只是，为什么夫妻之间要有如此博弈？

女人是不是一定需要婚姻，一定要用丈夫的成功和孩子的优秀来定义自己的人生是否完整？为什么有人会发明“左小姐”（Miss Left，即剩女的意思）这个词，而没有左先生？为什么一个事业成功却单身的女性，得到的往往不是欣赏而是误解？

每一次做涉及职场女性的活动，总有人问：“职场女性该如何平衡工作和生活？”我困惑，为什么这个问题只问职场女性，这不该是职场父母都面临的问题吗？

太多此类的问题，我无法回答。有一天，女儿学校的老师出了一个辩论题目：女生该不该参加男生的运动，譬如足球、摔跤？女儿很不理解地问我：为什么这个题目需要辩论呢？女生为什么不能参加？

现在我会给女儿推荐这本《所有的答案都在人生里》，里面 21 位女性用她们绚烂又坚韧的人生经历，把答案缓缓展现在我们面前。她们生于不同时代、不同国家，有的出身世家衣食无忧；有的穷困潦倒终了一生；有的孑然一身，在生命最后的时刻身边只有鲜花和猫；有的被才子爱慕，为她写下“吹下一针新碧，掉在你窗前，轻柔如同叹息，不惊你安眠”的温柔诗句。但是，她们都是同样无畏而卓越，为历史留下了属于女性的不凡篇章。

女孩该是什么样子，读完这本书后你或许依然没有答案，却一定会有掩卷之后的感悟。

这是一本送给女孩的书。这是一本我会和女儿一起读的书。

愿天下所有的女孩，能无比温柔也无比勇敢，能在酒会优雅入场也能在戈壁从容徒步；能风花雪月也能柴米油盐，能真诚地爱人也被人真诚地爱着。

不一定卓越，却一定不凡。

虽然我不能保证你每一天都快乐，但是希望你一生幸福和平安。

CONTENTS

目录

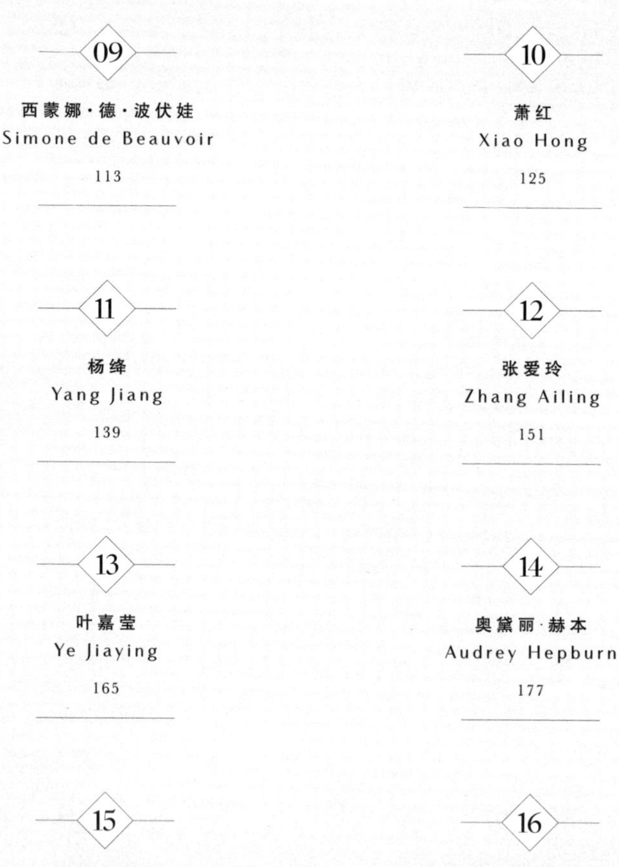

01

1820－1910

弗洛伦斯·南丁格尔

Florence Nightingale

不管什么时候，我的心中，
总放不下那些苦难的人群。

英国护士和统计学家，护理事业和现代护理教育的奠基人。在克里米亚战争期间以优秀的护理工作闻名遐迩，被称为“克里米亚的天使”，又称“提灯天使”，一生致力于护理事业的教育与研究，著有《医院札记》《护理札记》等。

撕掉标签做自己

文 / 王梦迎

这是一个“标签化”的时代。

当人们提及女性，大抵上会在心中勾勒出一幅柔顺内敛、细腻平和的剪影。而当人们想起护士，也会不自觉地认为她们理应细致、奉献、温柔和仁爱，似乎只有这样才能符合“白衣天使”这个标签的定义。实际上，贴标签不过是人类认知世界时一种懒惰而粗暴的定义事物的方式。它不仅限制着人们的认知和视野，而且逐渐成为一种束缚人的枷锁。

在这世间，总有那么一些人不甘于屈从标签，不甘于认同世俗的定义，他们就是要行走在时代的前端。

南丁格尔正是如此。

她是人们眼中的天使化身，是英国人民的“提灯女神”，是爱、温柔与希望的象征。她是出身优渥的贵族女人，又是医学史上第一位真正意义上的女性护士。她如此不同凡响的一生并不是仅靠爱与温柔成就的，也离不开她的不断奋斗，不断打破陈规，勇敢撕去标签。于她而言，贵族女子不必拘泥于婚姻家庭；于她而言，教养学识不只是为了装饰门面；于她而言，护理绝非下等低贱职业；于她而言，“南丁格尔”也不过是一张需要撕扯下来的标签。

她的一生，作为女人的一生，从不为标签而活。

1

一个不甘于墨守成规的灵魂，在诞生之初必然非同寻常。

1820 年的 5 月 12 日，这个日后为无数医护人员所纪念的日子，夜莺衔来了花城中那枝最为娇艳的玫瑰，悄无声息地绽放在意大利的一个小城镇里。

名字“弗洛伦斯”，英文原意为“花城”，而姓氏“南丁格尔”则有着“夜莺”的意思，这是一个温柔而美丽的名字，花与鸟，寄托了父母对她无限殷切的美好祝福。

童年时她家境优渥，接受了良好的教育，不过她也早早地显现出与姐妹截然不同的性格：内向而沉静，执拗而特立独行。在别的女孩嬉笑打闹、攀比玩具与衣服时，她却独享着自己的宁谧。一只鸟儿、一本书、一片午后的树荫，足以令她一头扎进幻想的世界中独自欣喜。

庄园附近葱郁的森林和广袤的牧场成了她的舞台，在这里她充分展现了耐心与爱，与动物为伴，与动物相处，与生俱来的仁慈之心令她在照顾那些或幼小或受伤的生灵时表现得格外耐心细致。

社交是上流社会必不可少的活动之一，当淑女们浅抿香槟，提起缀满蕾丝的裙边翩然起舞之际，南丁格尔却偷偷溜出去与心爱的动物为伴。

但她绝非任性又贪玩的大家闺秀，出众的智慧与灵敏的头脑赋予她不同凡俗的资本。这朵初绽的花蕾，不仅在历史、小说与诗歌方面日益精进，她在数学及心理学方面同样出类拔萃。不到十岁时她便能以法语来记录日间的所思所想。她在日记中记录了自己无穷的探知欲和对世界的认识思索，这本日记的封皮上写着：夜莺。

自由飞翔的梦想自孩提起便已扎根。

富裕而安逸的生活从未改变过这颗追寻善良的心，在她近乎孤独、不为同龄人所理解的童年中，她与父亲的一位牧师朋友成了忘年交。这位牧师心地善良，通晓医术，不仅为村民治病疗伤，就连牧羊人的爱犬受伤了，他也会伸出援手。耳濡目染之下，治愈众生、照顾弱小的梦想种子在她幼小的心灵深处逐渐发芽。

作为贵族女性，南丁格尔的母亲时常救济穷人，还会带着南丁格尔姐妹一同前往。但有时母亲也会因为繁忙而无暇顾及，这时南丁格尔便自告奋勇地代替母亲去接济和帮助穷人。

多年后，人们回顾南丁格尔的一生，多数为其写书立传的人总会将她的童年形容为“孤僻”“高傲”，带有“固执的优越感”，其实她不过是展现了与生俱来的善良和仁慈，拥有一颗不拘泥于俗套、不盲从于众人的自由之心。

她就是她，不会因“贵族小姐”的标签束缚自己。

2

对那个时代的贵族女性而言，成为纤尘不染、外表奢华且生活悠闲的“花瓶”，无疑是极大的荣耀；而外出工作、抛头露面，却是令人蒙羞的丑闻。

社会以培养淑女为名，禁锢并剥夺女人的智慧和能力，将灵秀的躯体捆缚在令人窒息的束腰与层层叠叠的蕾丝当中，将聪颖的头脑困囿在名利场与家族荣誉的虚伪游戏当中。

一场体面盛大的婚礼，从某某小姐到某某夫人，悄然而逝的不仅是青葱岁月，还是一颗年轻鲜活的心。从此女子被冠以夫姓，生儿育女，相夫教子，成为那个时代男性的附庸。

对于这自折双翼般的苦闷生活，夜莺发出了响亮无比的啼鸣声来拒绝。

在上流贵族的交际圈中，聪慧、美貌、善良的南丁格尔吸引了无数青年才俊的目光，只要她愿意，可以很容易地找到一个“金龟婿”。

然而，南丁格尔最终选择了一生未婚的清冷生活。拒绝了诸多求婚者的她，却从未拒绝过爱。贵族小姐的爱只属于一人，而南丁格尔的爱属于全人类。在写给一位追求者的婉拒信中，她坦言相告：“我注定是个漂泊者。为了我的使命，我宁可不要婚姻，不要社交，不要金钱。”

何谓使命？她自少女时代便开始了思索：上帝究竟赋予我怎样的使命？而我又应当如何抉择？

她的答案，不是来自觥筹交错、纸迷金醉的社交场，而是来自贫民窟的穷人，来自她仁慈而耐心、包容而果敢的灵魂。

“我不再以为世界犹如诗人赞美的那般光明美妙，因为我看到的，是一个不安、贫困和疾病肆虐的世界。”

夜莺如是说，继而将灵魂与爱尽数献给了全世界。

3

当“成为护士”的愿望从南丁格尔口中说出时，她的家人陷入了死一般的沉默。

那个时代，人们对“护士”这一职业的印象同今天有着巨大的不同，护士不仅与温柔细心、救死扶伤无关，更与“体面”背道而驰。1844 年后的英国经济衰退，战争却依旧频繁。落后的医疗水平使医院成为了混乱而肮脏的危险之地，护士是最为卑贱的职业之一，从事这个职业的人大多处于社会最底层。

当一位上流社会的淑女提出要成为护士时，她便成为整个贵族交际圈茶余饭后的笑料。

家人的强烈反对打碎了南丁格尔的愿景，曲解了她的理想。淑女的“镣铐”紧紧捆缚着南丁格尔的双手，始终渴望振翅飞翔的夜莺从此被困入囚笼。面对时代强加于她的阻碍，南丁格尔选择决绝而坚定地负重前行。

“真正的天使，必须直面尘世的苦难，勇敢地肩负起沉重而必要的工作。”

她如此想，也如此践行。

尽管表面上打消了念头，南丁格尔却在暗地里更下苦功。她躲避着家人的目光，利用一切机会学习护理知识。每天深夜，她都会等待家人睡熟之后，再悄悄点起蜡烛，用围巾遮挡着烛光来学习；平时无法到医院照顾病人，就寻找其他机会照料病患，当家人出门时，她就会到附近的村落去治疗和护理村民。

南丁格尔的护理技能在苦修中得以精进，但全家人对护士职业的刻板印象依然没有任何改变。优渥的生活和优越的条件本可以是帮助南丁格尔完成梦想的资本，如今却化为利刃一点点切割着南丁格尔的内心。

4

如今的人们是否能够想到，护士这一温柔耐心且以女性形象为代表的职业，最初却是扬名于战场之上？

1854 年 3 月 28 日，随着英国维多利亚女王向俄国正式宣战，克里米亚战争爆发。这场战争成为南丁格尔命运的转折点。

战争初期，英法联军取得了短暂的胜利，但士兵伤亡惨重。更令人咋舌的是战地的医疗条件：战地医院肮脏简陋，室内满是蚊虫；参与治疗与护理工作的人却缺乏最基本的护理知识。随着战争的进行，海量伤员的到来让情况更加糟糕，门窗终日紧闭的医院里，充满了恶臭的气味，疾病和感染以惊人的速度扩散，死亡随处可见……

这样的环境让战地医院的死亡率一路飙高，甚至超过了战场上的阵亡率，达到了惊人的 42%！这些没有死在战场上，却死在医院中的可怜士兵的事迹一经报道，便引发了英国全社会的强烈关注。

此时的南丁格尔，像是聆听到了来自上帝的召唤。同情与仁爱在她心中点亮了一盏明灯——温暖、明亮而满溢希望。

“是时候了！”

她主动联络了英国陆军财政大臣西德尼·赫伯特，请求准许她带领一支由她组织的护士小队前往前线，救助治疗战士。为了获得允许，南丁格尔更承诺整支小队不需要政府任何拨款。

当年 10 月 21 日，南丁格尔带着三十八位由志愿者护士和天主教修女组成的医疗团从伦敦出发了。

但是，上层社会和主流媒体对南丁格尔的行为不屑一顾——即便此行是纯粹的志愿救助，也没有增加政府任何的经济负担，嘲讽与批评之声依然不绝于耳。有人认为，女性根本不能适应当地气候，这样一位贵族小姐去了那儿完全是添乱；而更有人认为，未婚未育的女人根本不能担任看护和照顾病人的职责……

南丁格尔在此前已经听够了质疑声。如今，任何话语都无法动摇那颗坚定的心。

尽管之前有过无数预想，当南丁格尔真正抵达战场后，还是为现场的恶劣情况感到震惊。这时，多年学习和磨炼取得的知识、冷静的头脑、解决问题的能力，成为她最强有力的“装备”。凭借贵族身份及人脉，南丁格尔四处募集资金，为医院添置设备、药品和生活用品，换下陈旧简陋的木板与肮脏不堪的床单……南丁格尔详细记录了疾病、感染与卫生条件之间的关系，并切实有效地进行了改善和预防。在当时大众的认知中，细菌的存在不过是小众博物学家的疯话或者江湖骗子的天方夜谭。细菌的存在要等到德国植物学家科恩借助一种消色差显微镜，非常清楚地看到细菌，并对它们首次作出令人信服的描述之后，才得到大众的认可。而科恩研究成果问世的时间却是南丁格尔在克里米亚战场忙碌的二十五年之后。

南丁格尔用尽一切努力去抚慰着病痛中的士兵。当暮色降临，四下变得寂静，唯有伤员极力压抑的呻吟回荡在医院的走廊中。此刻，远处一盏温暖的光晕逐渐靠近，紧接着是轻声的问候、体贴的照顾、有温度的共情……如此日复一日。伤兵们亲吻着她路过时投在墙壁的影子，称呼她为“提灯女神”。艰苦和操劳不过是她伟大精神的注脚，她是战地医院最耀眼的晨星，给大家带来生的希望与家的温馨。

在南丁格尔对医院各方面的科学改进和对伤兵无微不至的照顾下，英军士兵的死亡率从 42% 下降到了 22%。这是一个惊人的奇迹，但更是她持之以恒孜孜不倦追寻的必然结果。

战争期间，南丁格尔从未离开过医院；她再次回到家乡时，战争已经彻底结束。

5

从克里米亚战地医院归来之后，维多利亚女王为她颁发了徽章，以她的名义成立了基金会，甚至授予了她英国陆军医院女性护士队最高指挥官的职位。南丁格尔一时声名大噪，风光无限。

面对声名与个人荣耀，南丁格尔以孩提时一贯的沉默予以回应。

尽管身体早就告别了战场，但在战地医院所经历的日日夜夜，那份面对士兵死去的哀伤与苦楚，依旧缠绕在南丁格尔心中，化作梦魇，在每一个难眠的深夜折磨着她。

心灵的折磨和过度的操劳，令那原本就羸弱单薄的身躯日渐衰弱，病痛连绵。人们铭记的是那个战地医院中温柔和蔼、细心开朗的提灯女神。而真正迈入中年的南丁格尔，却时刻挣扎着想要摆脱曾经那个

“南丁格尔”标签所带来的喧嚣。

即便在病痛中，她依旧坚韧、勇敢、斗志昂扬。

1858年，南丁格尔发明了“玫瑰图”，玫瑰图按照月份呈现不同死因的士兵人数，能够有效说服懒得看或看不懂统计分析的国会议员与公务员，成功唤起了政府对公共卫生的重视。她因此成为“在统计图形显示方法上的一个真正的先驱”。如果说，南丁格尔在战场上温柔的话语是“夜莺”的歌声，玫瑰图则对应了她名字中“花城”的部分，花与鸟，南丁格尔降生时父母温柔殷切的期盼以一种凡俗难解又冥冥命定的方式，映照了南丁格尔的一生。

此后，南丁格尔在家人的帮助下用“南丁格尔基金”成立了世界上第一所正规的护士学校：南丁格尔护士培训学校。时隔近20年，南丁格尔的家人终于用帮助建立一所以她名字命名的学校的方式，认同了这个自小桀骜的女孩的理想。从此，护士不再是低贱职业的代名词，护理成为了光辉荣耀的个人理想。立志投身于护理行业的人们，不再受门第、资源之限，全部能接受正规严谨的专业教育。

1910年8月13日，九十岁高龄的南丁格尔在家中溘然长逝。

南丁格尔一生都在致力于打破枷锁，努力撕去时代贴在她身上的标签，童年时她拒绝做一名只知享受奢靡生活的娇小姐，少年时她拒绝成为婚姻的精致摆件，青年时她拒绝接受社会与家族施加的枷锁。在最艰苦的岁月，夜莺始终不畏苦难，最终展翅高飞。她有着仁慈、博爱、温柔和细腻的心灵，同时也有无可比拟的强韧、坚决和勇气。

夜莺一边勇敢地站立于荆棘之上，一边鸣唱着希望之歌："你想做一件事情是因为这件事对你来说很好，而不管它是不是适合你来做。不要听信那些武断的、僵化的老生常谈，带着一颗纯洁而朴实的心去完成上帝交给你的工作吧。"

02

1867－1934

居里夫人

Marie Curie

生活中没有什么可怕的东西，
只有需要理解的东西。

波兰裔法国籍物理学家、放射化学家。开创了放射性理论，发明了分离放射性同位素的技术，以及发现两种新元素钋(Po)和镭(Ra)。在她的指导下，人们第一次将放射性同位素用于治疗癌症。她是巴黎大学第一位女教授，也是获得两项诺贝尔奖的第一人。

“蠢”女孩的逆袭

文 / 正经狸花

“我过去太蠢了。现在的我也很蠢。在余生的每一天里，我恐怕会一直都这么蠢。”

写下这段话的那一年，她还不到十九岁。

谁会想到，这样一个深感挫败的少女，会在短短十多年后成为殿堂级的科学家呢?

假如每个人的人生都有一个初始设定，那么，她的初始设定，除了成绩还不错之外，可以说全都乏善可陈——

她有着女孩最常见的心性：会犯傻，会犯倔，会为渺茫的希望孤注一掷，也会为浓浓的爱意飞蛾扑火。

她并非衔着金汤匙出生。从家庭到社会，乃至整个时代大背景，给予她的支持都微乎其微，强大的阻力倒是从不缺席。

她甚至从未受过“金手指”的垂青。她说：“我从来不曾拥有过幸运，将来也永远不指望幸运。”

所以，当她终于走入曾被认为只属于男人的科学世界，靠的不是幸运，而是简单的八个字——把握主动，拒绝恐惧。

如今，她已经是 20 世纪对世界贡献最大的人杰之一。她的画像，被展示在中小学的教室里；她的格言，被引用在励志作文里……但这不过是故事的结局。

唯有从故事的开头说起，我们才更容易看到，这个“蠢”女孩，是怎样完成了她的终极逆袭。

1

如今，她最广为人知的名字是“居里夫人”。更熟悉她的人会知道，她是玛丽·斯科洛多斯卡·居里。

不过，起初，她叫玛利亚。

玛利亚的父亲在波兰华沙的一所大学任教，母亲是一所女子学校的校长，她是家中最小的孩子。不幸的是，恶疾早早夺走了她的母亲和长姐。

她喜欢上学。可是在沙俄统治下，随时会有“督学”闯进教室严禁老师讲授波兰文化。这种来自侵略者的羞辱，总让玛利亚在课桌下默默握紧了拳头。

缺失的母爱、贫寒的家境、高压的气氛，没有耽误她以最优异的成绩从中学毕业。然而，她无法继续深造。不光是因为父亲收入微薄，更重要的是，在当时的波兰，没有一所大学肯招收女生。

不给你任何机会，并不是因为你不聪明，也不是因为你不努力，仅仅因为你是女人。这就是那个时代对玛利亚的回应。

她面前只剩下两条路，也是19世纪像她一样受过教育的贫穷女孩的“唯二”出路：要么，早早嫁人当家庭主妇，从此围着孩子和灶台打转；要么，就当个女家教，挣钱贴补家用。

她选择了后者。

当时距离《简·爱》面世已经三十多年，可是家庭女教师的低下地位，仍与《简·爱》的时代相去不远。才十六岁的年纪，她已经充分品尝到了这份工作的辛劳与卑微：家长往往把她晾在有穿堂风的门厅里，让她瑟瑟发抖地等上很久；或者随便拖欠她的工资，虽然只有很少的薪水，却是她数着日子巴望的救命钱。

一年后，为了增加收入，少女在严寒中启程，离开年迈的父亲去异乡的陌生家庭里工作。下了长途火车，还得再搭马车走上五个小时。

总算新雇主不像她从前的雇主那么傲慢刻薄。玛利亚与学生们相处甚欢，还能在课余时间为村里其他孩子补习波兰语——当然是冒着被流放西伯利亚的危险。

接下来的故事，仿佛偶像剧一般。大少爷卡西密尔从大学放假回家，惊奇地发现庄园里多了这样一个金发少女，她不仅能即席赋诗，舞也跳得极好，骑马、驾车、划船、滑冰样样得心应手，全家甚至全村的孩子都喜爱她。情窦初开的他，很快沦陷在玛利亚的读书声里。

而十八岁的她，也傻乎乎地喜欢上了这个英俊而温柔的少爷。

看起来，《音乐之声》女主角“玛利亚”的浪漫故事，就要在她身上上演了——年轻活泼的女教师，为沉闷的大户人家带来生机，先俘获孩子们的心，再俘获如意郎君。

这对小情侣满心以为，既然卡西密尔的父亲能亲切地同她散步，他母亲总是对她关爱有加，他的弟弟妹妹们都崇拜她，还为她准备生日礼物和鲜花……就说明这份爱情一定会得到全家的祝福。

但他俩太年轻，也太天真了。

富一代和富二代之间，差距何止霄壤？《音乐之声》的男主角可以在确定心意后立刻向他的“玛利亚”求婚，因为他人生的决策权完全掌握在他自己手中；而卡西密尔却只是一个每月领零花钱的“妈宝男”，能不能迎娶玛利亚，还得看家长的脸色行事。

现实是，卡西密尔的父亲大发雷霆，母亲几乎晕了过去。

转眼之间，在这个一向声称平等对待玛利亚的家庭里，无法逾越的界限竖立了起来。卡西密尔面对以剥夺继承权相威胁的父母，很快服了软。

她的初恋就这样破碎了。

偶像剧里的女主角，当然可以含住眼泪骄傲地离开。

可是，玛利亚却不得不硬生生咽下这份屈辱，留在这个气氛尴尬的庄园里教书。

因为她得把一半收入寄给在法国巴黎求学的姐姐。她不能失去卡西密尔家给的薪水，不能让父亲为这事操心。她只能装作什么事也没有发生，直到她找到下一份工作为止。

她似乎总是一次次从失败走向失败：一心想要深造，结果却只有失望；拼尽全力工作，永远入不敷出；初次坠入爱河，自尊被践踏了一地。

都二十二岁了，还只有一张中学文凭，过着寄人篱下的日子，随时可能被炒鱿鱼，前路渺茫而不可知。

不过，她渐渐明白了一件事：为什么，非要一次次等待被他人选择呢？

与其抱怨大学不接受我，何不主动去找肯接受我的大学呢？与其祈祷遇上脾气好的雇主，何不提升自己、走向更高的平台？与其寄希望于无法自立的恋人，何不找一份不会离弃自己的终身事业？

若是停滞在等待被他人选择的位置上，任你聪明勤奋还是貌美如花，主动权永远都不会在你自己手里。

2

当她终于攒下钱、回到父亲身边，已经是相当于 21 世纪的许多女生大学毕业的年龄。而玛利亚才生平第一次有机会进入实验室，摸到了试管、静电计和精确天平。

实验室藏在波兰华沙的工农业博物馆里。这博物馆专为瞒骗沙俄当局而设，波兰青年在这里学科学、做实验，不容易被沙俄“督学”发现。

她白天教书，晚上自学，深夜回家躺下，却久久无法入睡，一种从未有过的兴奋感充盈着年轻人的内心。长久以来无法明确的使命，就在“博物馆”的试管被她握在手里的那一刻，对她发出了强烈的召唤。

这时，卡西密尔又偷偷约她见面。他俩在山中散步，再一次谈起未来。大少爷对她倾吐着他已经说过上百次的犹疑和恐惧。可这一回，玛利亚没有再流泪。她惊讶地发现：对初恋情人的絮语，自己只剩下厌烦。

如今卡西密尔面对的，已经不是当初那个懵懂少女了。

心灵的双眼一旦睁开，就不可能再安于蒙昧。还有什么东西比探究支配宇宙的定律更醉人呢？还有什么东西比追寻人类智慧的极限更神奇呢？与它们相比，爱情小说显得多么空虚，王子与公主的童话显得多么乏味啊！

现在的她，对当庄园的大少奶奶已经失去了兴趣，她只想将灵魂献给描述物质的终极规律。

所以，她拒绝了他，孤身来到法国巴黎大学理学院求学。

这个大学愿意招收女生，为了方便生活，她把名字改成了法语名字“玛丽”。

只是，即使一路磕磕绊绊地从波兰乡下闯到了巴黎，她却依然没有戴上女主角的光环。这个二十四岁的超龄大一新生发现：教授们用法语授课，她时常跟不上语速；她的物理和数学功底不扎实，比法国工规中学的毕业生差得远……

很多年以后，玛丽说出这样一句名言：“生活中没有什么可怕的东西，只有需要理解的东西。”年龄比同学大、基础比同学差、学习任务繁难，算得上可怕吗？要是前进的道路上出现了障碍，那只能说明你的目光偏离了目标。如果自始至终都只朝着目标进发，那么，途中的一切都只是成功之前的风景，而不是难以逾越的障碍。

既然“金手指”无法降临，玛丽唯一的选择是——笨鸟先飞。

她住进最便宜的阁楼，没有电、没有火、没有自来水；脸盆里的水结了冰，她把所有衣服都盖在被子上，再把唯一的椅子压在上面，给自己一种盖着厚被子的幻觉；她不愿意浪费钱和时间在做饭上，常常饿着肚子用功到凌晨三点，导致她一站起来就头晕眼花，倒在床上昏睡四个小时，闹钟一响就起身去上课。

在学校里，金发的她相当美丽耀眼，以至于闺密不得不用伞帮她挡住那些献殷勤的男生。

但她始终不曾用美貌交换任何东西。在四年穷苦而孤独的时光里，她心无旁骛，沉浸在来之不易的求学机会中。要知道，这可是她第一次可以主动将幸福握进手心。

若是此时因分心而失败，她会退回怎样的命运中去？继续当朝不保夕的家教，还是幻想钓到金龟婿？

她已经见识过那种命运的可憎，所以她只能成功不能失败。

也许是玛丽太“蠢”了吧，她的眼睛看不到轻松的捷径，只知道傻傻地把所有白天都花在教室、实验室和图书馆里，再把所有的夜晚都花在滴水成冰的阁楼书桌前。

于是，她在二十六岁拿到了物理学士学位，一年后又拿到了数学学士学位，迈出了通往科学世界的第一步。

3

接下来的故事，你大约早已从课本中熟悉：玛丽与皮埃尔·居里在实验室朝夕相处，因为灵魂有着共同的底色，他们被彼此吸引。然后，她变成了居里夫人。条件窘迫的新婚夫妇自己掏钱购置仪器，夜以继日地工作。在毒烟四溢的院子里，她用跟自己一样重的大铁棒搅动沸腾的沥青铀矿，在灰尘四起的破木棚，她为保存好不容易分离出来的镭结晶而苦恼……穿过这一切难以尽言的艰辛，她最终迎来了成功。

听起来似乎尽是苦尽甘来、扬眉吐气。然而，佳话背后，仍有重重阴影叠着阴影：

她以第一名的成绩从大学毕业，却无法申请一个最普通的职位；

她独立完成了镭的提纯，得出对放射性物质的结论，却只被视为丈夫的助手，而其实，皮埃尔是在她开始研究镭两年后才加入的；

她为了获得研究资助，参选法国科学院院士，却被多方阻挠；

她甚至没有资格在科学院朗读自己的论文，只有作为她研究伙伴的丈夫有这个资格……

这一切，与她当年拿着金质奖章从中学毕业，却无法就读华沙任何一所大学一样：只是因为性别。

当时的舆论界往往把玛丽描述成一个可有可无的配角。皮埃尔当选院士后，某小报发表了一篇绘声绘色的“访谈”：居里夫人声称她身为女子，唯一心愿就是帮助丈夫工作。

文章发表的第二天，玛丽愤怒地致信报社：“我从未与贵报任何人谈过话，也从未对任何人表达过文中的意思。”

“女人天生缺乏理性，逻辑思维能力也差。”“女生就不要选理科了，后劲肯定不如男生。”“学得好有什么用，还不是要嫁人。”哪一个女孩，不是在这样的环境中成长起来的？这些针对女性学习能力的评论，真的客观吗？

事实是，从一开始“他们”就不肯给居里夫人证明实力的机会，甚至对她已然显露的实力视而不见。偏见的背后，是恐惧。保守者们不敢承认：女人完全能够成为历史性科学发现的主导者。

直到皮埃尔因车祸去世五年之后，玛丽用自己独立获得的第二个诺贝尔奖，给了歧视者们一个响亮的耳光。

然而，就在第二个诺奖颁布之时，一场更大的舆论风暴向她席卷而来。皮埃尔生前的学生、比玛丽小五岁的物理学家保罗·朗之万，走进了她的生活。同皮埃尔一样，朗之万也与她志趣相投，愿意成为她新的助手、爱人和战友。糟糕的是，他已婚，而且妻子不同意离婚。

更糟糕的是，玛丽情感炽烈的情书落入“狗仔队”手中，一夜之间登上法国所有小报的头条。

年逾不惑的她，还像十八岁时一样“蠢”，竟然毫不掩饰地白纸黑字表达了自己的情欲。要知道，在当时，女人主动触碰这类话题为世俗所不容。老百姓用石头砸坏了她的窗户，要她滚出法国；科学界也不断有人给她写信，骂她私德不端。

滑稽的是，即使是在那个保守的时代，要是这种事情发生在男科学家身上，一切依然会风平浪静：与她同时代的爱因斯坦，不但离婚、再婚，还为了自己的享受把一个私生女直接送了人；婚内出轨的保罗·朗之万，也没有受到任何冲击，甚至后来又有了下一任、下下一任情人，而且始终没有离婚。

她原本就背负着额外的重担才艰难地走上山巅，却被采用双重标准的苛责拉回了谷底。她的精神一度被打垮，不得不在医院度过了三年。

这一次，就像之前的每一次一样，能拯救她的依然只有她自己。她不需要他人的怜悯和原宥，她只需要时间疗愈自己的伤口，然后重新把握主动。

于是，玛丽挺了过来，继续全情投入地工作了二十二年。

她甚至在晚年开着自己发明的 X 光机医疗车上了战场，训练了一支女性志愿者 X 光医疗队，监督建设了二百个战地医院放射室，在第一次世界大战中救治了超过一百万名士兵。

世界曾经投以她冷眼和嘲骂，而她只是静静地，报之以智慧和慈悲。

就算在今天，成功的女人也往往要背负双重压力——既要在事业上挥斥方遒，又要做个贤妻良母，还得被一遍遍问到“你如何平衡事业和家庭”。以至于 2019 年当选美国科学院外籍院士的女科学家颜宁忍不住发问：“为什么从来不问男人这个问题？”

其实，玛丽本来已经排除万难、实现了这种平衡：在生下大女儿的同一年，她做出了第一次研究成果；她在实验室忙得脚不沾地，同时开办家庭学习班，两个女儿一个被培养成诺贝尔化学奖得主，一个成了音乐家和作家。

她育儿，她持家，她爱国，她不慕荣利……是不是似乎已经很完美了？

不行，她还得继续做到社会期待她做到的温柔贞洁、神圣无瑕。

一旦她做不到，等待她的就是舆论的血雨腥风。

可是，为什么一定要把她架上高高的神坛呢？她并不是只活在课本中——远在云端，不苟言笑，不食人间烟火。她是一个有血有肉，有激情也有执着，会做梦也会犯错的女人。

所有刻板完美的女神形象，以及对女性无限拔高的要求，并不能为女孩带来什么实质性的鼓励，只会成为前进的掣肘。

幸而，如今她的身份终于被还原为一个为全人类做出杰出贡献的科学家。她不再需要证明自己不是一个可有可无的助手，也不再需要据理力争私生活与工作成果无关。

从波兰乡下的贫穷女家教，到二十四岁的大一新生，再到三十六岁的诺奖得主，最终成为人类历史上最伟大的科学家之一——她逆袭成功，并不因为她是某某夫人，仅仅是因为，这个“蠢”女孩为自己心爱的工作用尽了全力。

03

1878－1972

何香凝

He Xiangning

国仇未报心难死，忍作寻常泣别声。
劝君莫惜头颅贵，留得中华史上名。

革命家，政治活动家，中国女权运动的先驱之一，著名画家。

女人想要的，只管去争取

文 / 小富女

中国女子的社会地位，从男人的附属，多女共侍一夫，到法律推行一夫一妻制；从被要求恪守女德、三从四德，以夫为纲，到实现真正意义上的男女平等；从被作为童养媳、婢女、妾侍可随意买卖，没有读书、工作、参政等权利，到如今可以与男性一样读书、工作、参政，自由做自己热爱的事……这中间隔着的何止是艰难的“三座大山”。

“中国真正意义上的妇女解放运动，是从资产阶级革命派开始的。”

而率先扛起这面大旗的，却是一位资产阶级大小姐——何香凝。她出生于香港有名的富商之家，但令她闻名遐迩的，却是“争得天足促成双清奇缘”“两入虎穴营救丈夫和儿子”“送裙子羞辱蒋介石”等一个个乱世里的传奇。

她在国民党“一大”上提出了“妇女在法律上、经济上、教育上一律平等”的提案并获通过；在她的建议下，广州举办了隆重的纪念“国际劳动妇女节”的活动，此次活动在中国妇女运动史上具有非常重要的地位；她也用自己的一生，生动诠释了什么才是真正追求“女性自我的生命价值”。

她的这一生，有趣的故事说不完，但又大道至简，仿若一直在说一个道理：女人想要的，就只管去争取！

1

1878 年 6 月 27 日，香港富商何炳桓家中新添了一位千金，因排行第九，家中人称她为“九姑娘”。何炳桓是个极为传统的大家长。他一方面给子女提供优渥的生活条件，零花钱给得也阔绰，喜爱一家人围桌打牌玩乐、尽享天伦之乐；另一方面却极不赞成女子读书，认为“女子无才便是德”，甚至觉得“女孩读书会夺走男孩的聪明”。

而九姑娘何香凝呢，她一方面不爱玩乐、不喜交际，又不讲究穿戴，父亲给她的钱大多原封不动地搁着。对比别的子女，父亲往往格外诧异，“为什么她不需要用钱”。但另一方面，她也有自己的爱好，一是读书求知；二是在田野里疯跑。六岁那年，父亲专门为男孩开设家庭私塾，小姑娘也求知若渴。但父亲不答应，小姑娘就没完没了，想方设法地央求父亲。父亲不胜其烦，只得答应把她送到附近的女馆读书。

但好景不长。七岁那年，家中按传统习俗要给小香凝裹脚。在当时，只有不劳动就无以为生的女子才会不裹脚保留一双“天足”，思想传统的何炳桓当然要求女儿有双“金莲”。

但何香凝偏偏就不。

她从小爱听太平天国的故事，更向往太平军女兵一双天足走四方的英姿，再加上厚厚的裹脚布一层层缠绕在脚上，实在太折磨人了……小姑娘每晚趁夜深人静时就大胆拿起剪刀剪开裹脚布。

父亲勃然大怒，命令母亲用针线密密地将裹脚布缝住，又搜走她的剪刀，把她关在家里不准再去读书……而小香凝呢，则默不作声另寻了一把剪刀，悄悄藏在祭坛的香炉下面，每晚再执拗地剪开……

反反复复斗争了几十个回合。直到父母累了，由着她去了。

但到了十八九岁的年纪，父母又开始犯难。寻遍满城，谁愿意娶这样一个另类的大脚千金？偏也凑巧，就在这时竟有人专要讨一个没裹过脚的女子为妻！此人便是廖仲恺。

廖仲恺那年二十岁，比何香凝大一岁。他的父亲是一位银行家，曾就职于汇丰银行旧金山分行，在整个旧金山华人圈很有社会威望。

但当时美国国内正掀起排华运动，华人在美国的日子并不好过，常无故遭受白眼、侮辱和毒打。于是廖父临终前，对小儿子廖仲恺唯一的嘱托，竟是一定要他娶一个大脚女人，因为小脚女人在西方备受歧视……

而放眼望去，除了何香凝，整个香港哪还有第二个在年龄、家世上都再合适不过的大脚女人！

仿佛缘分天注定，何炳桓喜出望外，很快托人促成了这段姻缘。

成婚之后，何香凝随廖仲恺居住在广州的叔父家。起初，姑娘对这门婚事并不满意，觉得丈夫又黑又矮、其貌不扬。但渐渐地，她发现丈夫诚挚忠厚、上进肯学，且十分支持自己读书，这才高兴起来。

为了便于读书，夫妻二人在楼顶晒台专门搭了一间小屋。每当皓月当空之时，月亮如水般洒在二人身上，不由产生人月“双清”之感，二人便将此楼台取名“双清楼”，何香凝自命为“双清楼主”，再后来将自己的诗画集也命名为《双清诗画集》，廖仲恺则将他的诗集取名为《双清词草》……

从表面上看，一双大脚千里姻缘牵红线，促成了一对人间良缘；而结合两人此后的人生轨迹和默契选择，在我看来，更是两个思想、认识、追求都高度统一的人，因着一双大脚，冥冥之中走到了一起。

2

琴瑟和鸣、映月读书的时光，大约只持续了三五个春秋。

当时中国不断遭受列强压迫，清政府腐败无能，廖仲恺断不愿再走科举入仕的老路，当时留学之风日盛，无数爱国青年会聚日本，廖仲恺也动了心思。

何香凝不顾家人反对，变卖自己从娘家带来的珠宝首饰、细软及家具，再加上自己做姑娘时攒下的零用钱，支持丈夫东渡，她自己也于丈夫成行两个月之后追随而去，开始了全新的生活。

两人赴日后，很快结识了一批投身于革命风潮的留学生。其中就有孙中山。

二人第一次听到孙中山发表的简短演说，就觉“喜出望外”，被他坚定的信念、宏伟的气魄和令人信服的逻辑深深吸引，后来打听到孙先生的寓所，又专门拜访了几次。在之后的几次会面中，二人听孙先生畅谈革命救国的道理，觉得“十分佩服，十分赞成”，更觉眼前的路豁然开朗，从而确定了追随孙中山进行民主革命斗争的志向。

很快，为革命救国“效微力”的机会来了。

1905 年，孙中山在东京组建同盟会。但筹备大会后没几天，孙中山发现日本警察对他的活动多方刁难，旅馆女佣也经常暗中搜罗他的情况，就决定要寻找一个安全的地方。他想到了何香凝与廖仲恺——这两人都参加了革命活动，又租有自己的房子。

当时廖仲恺恰巧暂回香港，何香凝听闻消息，没有半分犹疑，便将此事揽了下来。

但也不是没有难处：

第一，他们需要新找个交通方便的住所，以利开会和各项准备工作；

第二，出于保密需要，他们不能再用日本女佣。

当时何香凝正在东京女子师范学校就读，廖仲恺回香港正是为了筹措新学年的学费，但搬家是为革命需要，亦是孙先生的一份信任，于是她很快就在神田区租下了一处房屋，是座上下两层的小楼，共七间屋子，面积比原来大得多，但租金也贵了两倍多。

她当机立断辞掉女佣，一个人把家从小石川搬到神田，再将此事写信告诉尚在香港的廖仲恺。

她从小在父母身边长大，生活琐事都有人服侍，现在辞掉了女佣，每天早上起来必须先收拾床铺，再自己预备洗脸水（当时日本还没有自来水，要到外面挑水）；中午放学回来，先买菜、生火、煮饭、做菜，再收拾和洗刷忙上一通；还要自己去井边挑水、洗衣服……这种万事只靠自己的新生活，搞得何香凝极为辛苦。但她明白“夫人学婢子，不过是为中国革命”，由此吃点苦、受点罪，也甘心忍受，乐之不倦。

没多久，她在神田的新居就成了孙中山召集同志开会的场所和同盟会的通信联络地点。何香凝除了要照顾自己，更要负责隔三岔五前来开会的同志们的茶水和吃食。何香凝做饭的水平并不高，但她任劳任怨，想方设法照顾好每一个人，很快和同盟会的成员相处得亲密无间，被认为是难得的好管家，同盟会成员们都亲切地称她为“御婆样（日文中‘管家婆’的意思）”，连孙中山也不例外。这期间，何香凝自己也成为同盟会第一个女性成员，从此走上了踏实而坚毅的救国之路。

3

廖仲恺、何香凝夫妇，一路追随孙中山，走过了壮烈的辛亥革命和坎坷的二次革命、护法运动。

1921 年 5 月，孙中山在广州就任中华民国非常大总统，廖仲恺任财政部次长。随着革命步伐的加快，他们也越来越深刻地认识到人民群众在革命斗争中的重要性，尤其是中国女性，她们长期处于“地狱中的地狱”，因此参加革命的愿望非常迫切，而她们参加运动的程度和解放程度，会直接影响中国革命与社会发展的成功与否。

1921 年 7 月，在孙中山和廖仲恺的支持下，何香凝协助宋庆龄发起“女界出征军人慰劳会”。这是中国女界为慰劳义师第一次办慰劳会，不仅短时间内为讨桂的粤军将士募集了大批物品和十几万元捐款，更极大地鼓舞了粤军士气。

这之后，妇女运动浪涛起。

1924 年 1 月，国民党第一次代表大会召开，何香凝作为孙中山指派的三位女代表之一出席会议，并在会上行使代表权利，提出“妇女在法律上、社会上、经济上、教育上一律平等”的提案。同年 3 月初，何香凝向国民党妇女部提出组织妇女大众纪念三八妇女节的建议，获得一致通过，并指定由何香凝负责发起和组织。同年 8 月，何香凝任国民党中央妇女部部长之后，即聘请女共产党员邓颖超兼任妇女部秘书长，这不仅是对孙中山连共政策的支持，更将妇女解放的风潮推向两党党员、推向全国……

特别值得一说的是 1924 年 3 月 8 日的活动。

活动期间，广大学生和女界代表，以汽车游行、散发宣传单、沿途演讲、拍话剧、创刊物等多种形式，首次提出“打倒封建主义，争取妇女解放”“要求妇女劳动平等权、教育平等权、工作权、参政权”“保护儿童、孕妇,革除童养媳和多妻制”“建立儿童保护法”等一系列口号……活动当时就轰动了广州街头，更向中国及全世界发出嘹亮声音。

至此，在中国根深蒂固的男尊女卑、伦理纲常开始瓦解，无数妇女受到新思想的启迪，投入到自我解放、打倒封建、支持革命的行动中来。

后人评价道,这是中国妇女第一次参加国际劳动妇女节纪念运动，在中国妇女运动史上开创了新纪元。

而何香凝，以她的实际行动，毫无疑问成为了中国妇女运动的先驱之一，也是中国劳动妇女运动的先驱之一。

4

1925 年 3 月，孙中山因病离世，在人生尽头，他郑重请来何香凝，将爱妻宋庆龄托付于她，并再三嘱托“吾死后望善视之”。

1925年8月，何香凝的丈夫廖仲恺遭人暗杀。此时距离上一次何香凝从虎口将丈夫救出不过三个春秋。但廖仲恺说："生死由他去，革命我总是不能松懈一步的。"

两位精神支柱般的男人先她而去，巨大的悲恸过后，她要来为廖仲恺送葬时写下的"精神不死"的横幅，悬于家门口，决心继承他们的遗志，继续高举新三民主义的大旗，完成丈夫未竟之事业，将更多的精力投入到妇女解放运动工作中……

这之后，何香凝还曾"痛骂国民党官僚""送裙子羞辱蒋介石""龙潭虎穴智救爱子"…… 留下一个个潇洒的传奇；后因深感孤掌难鸣，且不愿与历史罪人同流合污，何香凝忍痛出国，到柏林与孙夫人相聚，但仍密切关注且以实际行动参与革命救国……1949年，中华人民共和国成立，何香凝相继担任华侨事务委员会主任委员、中华全国妇女联合会名誉主席、政协全国委员会副主席等要职，尤其在呼吁华侨归国方面做了不少好事、实事……1972年，这位奇女子走完了她波澜壮阔的一生，享年九十四岁。

除了杰出的革命家、政治活动家外，何香凝还有一个同样享誉世界的身份：画家。

她一生从事艺术创作长达七十年，留下画作不下千幅。

如果细细翻看她的画作，就会发现，她在所有作品中尤爱"寒梅"与"猛虎"，且笔锋圆浑而质朴。

都说画如其人，一个人的画风是其最好的座右铭。

或者，她在一幅幅画中，早已诠释了自己的一生，更诠释了一个女人最好的姿态。

生于富贵盛世，花开四野，我当如寒梅般清香傲立；

生于浑浊乱世，身如落叶，我亦可如猛虎般阔步前行。

04

1 8 8 3 — 1 9 7 1

嘉柏丽尔·香奈儿

Gabrielle Bonheur Chanel

生活不曾优待于我，
所以我创造了自己的生活。

法国时装设计师，CHANEL品牌的创始人，享誉全球的时尚大师，对高级定制女装产生深刻影响，被《时代》杂志评为20世纪影响最大的100人之一。

把自己活成最贵的奢侈品

文 / 纪云裳

“这一生，你将一事无成，死后衣衫褴褛，草席裹身。”

那是她第一次被预言人生。

那一年，在奥弗涅，她十一岁，没有家，没有爱，没有父母，寄人篱下，孤苦无依，内心却骄傲得像一位女王。

亲戚的荨麻鞭子狠狠落在她的小腿上，每一下都疼得揪心，但她倔强地昂着头，没有眼泪，只觉得屈辱，一颗心坚韧犹胜钻石，被傲气包裹着，不屑恶毒的言语，不惧冰冷的眼神，不畏世间的一切刀枪。

“噢，上帝，原谅我，这真是一匹犟马，”亲戚扔掉鞭子，恼羞成怒，“不如把你卖给吉卜赛人吧！”

她关上门，在黑暗冰冷的房间里，沉默又孤独地舔舐伤口，如兽栖身于洞穴。

生在市井，命如浮萍，身边尽是平庸之流，她从不愿与其论短长。她天生叛逆，自然招人怨恨。他们恼怒的是，一个牧羊女的后代，一个流动商贩之女，一个被弃的孤儿，居然痴心妄想，想要读书，想要喝茶，想要戴玫瑰花冠，穿白色的裙子。

他们打她，让她戴破烂的草帽，只是为了磨去她的棱角，惩罚她的骄傲，为了把她变成命运的奴隶。

她不恨他们，他们不过是些可悲之人，目光短浅，一出生即臣服于命运，世世代代，往复无穷。但她偏不。身边的恶意，催生了她对成功的渴求，内心的孤独，又让这种渴求如火般燃烧。

世人喜欢将这种渴求称为“欲望”。

她知道自己想要的是什么：远方、财富、地位、金钱，还有爱……对于内心骄傲的人，自由有着至高无上的意义。纵然前方风雨又如何？她不信上帝，只信自己。

是夜，窗外风雨如晦，屋内夜色如默，她对自己说，似有金石回音：“我，嘉柏丽尔，绝不会碌碌终老，蹉跎一生。”在疼痛中，她闭上眼睛，养精蓄锐，待时而发。她无比清醒，这一生，苦难、贫穷、诅咒、鞭子……都不能磨损她，更没有什么可以驯服她，包括命运。

1

奥巴辛。

几个月后，亲戚将她送进了那所高山之上的孤儿院。延绵的高墙之内，石壁清冷，古木苍苍，她擎着高过头的烛台，走在修女嬷嬷的身后，单薄得就像是一个影子。

幽静的走廊似乎永远都走不到尽头，一路铺满的光洁卵石，曾在古老久远的年代里，记录下天体的运行与星河的缩影。夜幕之下，她看到月光的清辉漫过木质的百叶窗，流泻在她面前，刹那间，竟感觉自己置身于宇宙洪荒之中，遇见了天地初开时的第一道光亮。

那时的她，尚不懂时尚为何物，但可以确定的是，正是孤儿院，给了她某种神秘的启蒙。

漫天飞雪，孤儿院里滴水成冰。

她身着厚重的修女袍，依然抵挡不住彻骨的寒冷，仰望天空时，心内却有郁郁青云意。

“你们是上帝的孩子，浩瀚的恩慈会温暖你们。”

十字架圣像下，修女嬷嬷教她缝纫的技能，如何丈量，如何裁剪，如何缝制，“女子有一技伴身，方可安身立命”，嬷嬷声音如枯草，但眼神贞静柔软，有着母亲的温度。

她言语极少，学得飞快。一如冬去春来，光阴流逝，秘而不宣。

十八岁，她从孤儿院里出来。脱下修女袍时，她看到镜子里的女孩，肌肤吹弹可破，如被春风吻过，巴掌大的小脸埋在浓密的乌发里，水貂绒一般的黑眼睛，盛着隐秘的兴奋。

她终于长大了。终于可以按照自己的意愿去生活。如果美貌可以成为一种武器，那么她已经拥有了世间最锋利的宝剑。

穆朗城。

白天，她是裁缝店里的女工，夜晚，便换了顾客的衣服去酒吧唱歌。当地的驻军每晚都会举办音乐会。灯火摇曳，杯中绚丽的液体翻出芳醇的泡沫，荷尔蒙和多巴胺飘散在空气中，红尘滚滚，淹没了芸芸众生。

她站在台上，如灼灼莲荷，明媚娉婷。音乐响起，亮开歌喉，一首《谁见过我的可可》，让她成为音乐会上最闪耀的女孩。台下涌动着掌声和尖叫，他们不知道她的名字，便用她歌里的名字称呼她："可可，可可！"

歌声散尽，人们依然久久不愿离去。服装间内，有人嫉妒有人羡慕：看，你成功了，在这里多受欢迎！她轻叹，原来他们认为一个女人最大的成功，就是获得男人的垂青。无论是白天在裁缝店的受制于人，还是晚上在音乐会的取悦男性，她心中所向，皆不在此。

小小的穆朗城，还装不下她的梦。她的梦，不是成为黄金笼中的金丝雀，锦衣玉食，岁月安详，而是成为非梧不栖的凤凰，翱翔四海，扶摇直上。而她此时需要的只是一根助她飞上枝头的藤。艾提安·巴勒松，他是骑兵中尉，是富甲一方的单身贵族，也是她众多的追求者之一。

他退伍在即，临行前对她附耳承诺："可可，我要带你回家。"

"你的家在哪里？"

"涅比贡郊区，离巴黎只有三十英里。那里有最广袤的森林，最华丽的城堡，最好的酒，最烈的马，"他望向她，挑起唇角，眉间三分深情，七分挑逗，“还有最美的姑娘。”

罗亚尔城堡。艾提安将其命名为“王苑”，每日里纸醉金迷，夜夜笙歌。她走下马车那刻，就知道自己已经走进了另一种生活。仆人列队欢迎，艾提安眼波温柔，脸上流露出王者的威仪，俯身亲吻她的手，“这是可可。”他吩咐仆人，必须待她如新妇。

在他的“后宫”里，每一夜，都有人沦为弃妇。她却在那里征服了最烈的马，读完了一面墙的藏书，收藏了每一期来自巴黎的时尚专栏。

她明白，想要无可取代，就要与众不同。她是罗亚尔最好的女骑师，也是艾提安唯一另眼相看的女人。在涅比贡森林的腹地，她立马远眺，松针如一片温软的海，延绵远去，阳光落在她的鼻尖上，松脂的香气，如琥珀。

风里，隐约有巴黎的味道。巴黎，她从未去过巴黎，但她坚信，自己是属于那里的。

1908 年的冬天，艾提安带她去波城猎狐，同行者非富即贵。

在比利牛斯山下的古堡里，篝火跳跃，星光相照，她一身骑马装亮相，搭配男士礼帽，艳若桃李，英姿焕发，惊艳所有人。她在他们眼中看到了烈火。唯有亚瑟 · 卡柏，艾提安的英国朋友，他看她的时候，眼睛里似有一片春天的湖泊。

“可可，你很特别，你不属于这里。”篝火之夜，卡柏端着一杯酒走向她，笑意赤诚，声线迷人，无一丝凡俗之气。她怦然心动。

卡柏在人群中寡言少语，却能与她谈笑风生。原以为是两座遥遥相望的孤岛，却不知心里自有相通的河流。与君初相见，犹如故人归。

2

世间最动听的情话，不是我要带你回家，而是，我要给你一个家。她终于以爱情的名义，来到巴黎。香榭丽舍大街的寓所内，摆满来自古老东方的乌木漆面屏风，凤凰于飞，山茶怒放，她与卡柏厮守于此，只盼日日年年。

卡柏与艾提安不同，他才华横溢，优雅勤勉，是一个真正能助她发光的人。是卡柏让她知道，除却不灭的野心、自身的天赋、良好的机遇和不懈的努力，一份赤诚的爱情，也可以为命运点石成金，推波助澜。

她想学习，他便为她请最好的老师；她想工作，他即资助她开店，一次付清康朋街21号的八十年租金。1910年1月1日，女帽店开张，“Chanel Modes”，她拉起店招，野心勃勃，他拥她入怀，柔情脉脉。

“我不要肤浅的漂亮，我要最简约的美。”

作品即人生。有人嫉妒她，一个乡下野丫头，竟让卡柏如此倾心，何德何能？

也有人讥笑她，不过是为了钱去爱的女人。

她轻笑，燕雀安知鸿鹄之志？

爱是恩慈，也是灵感。打开卡柏的衣橱，她不禁感叹，女人为何不能像男人一样穿着，为何要忍受紧身胸衣和束身腰带的折磨？

一个女人，可以通过工作来养活自己，也可以通过服饰来表达自己。

没有舒适，谈何优雅。

人是服饰的主人，而非服饰的奴隶。

她要兼营服装，要打破传统，要唤醒女性的自由意识，要创造她们的穿着，她要改变一切。

她请来流亡的贵族为她担任模特，用制作内衣的泽西面料来制作户外针织衫，放弃腰部的束缚，裙摆提升至小腿，塑造出一种崭新的轻盈自由的轮廓。

同行们嘲笑她用廉价的布料，她从容不迫，一语双关，“面料哪有什么天生的高低贵贱之分？用在不适合的地方，每一种都可以成为最差，用在适合的地方，每一种都可以成为最好。”

世人如面料，有人因出身低微而明珠蒙尘，有人因出身尊贵而金玉其外。

而现在，在她的设计领域里，她就是至高无上的主宰者，尽可改写各种面料的命运，就像一步一步改写自己的人生。

1917 年，她买了一辆劳斯莱斯当座驾，拥有了多家分店。

她的作品价值千金，名流贵族以穿上她的设计为荣，她成为了巴黎的时尚女王。

历时七年，终不负卡柏一番情意。

“卡柏，他改变了我的命运，他是我的兄长，我的爱人，我的归途，我的整个生命。”

1919 年圣诞前夕，她送卡柏出门。

引擎发动的那刻，她才知道，自己是如此贪恋他的温暖。

只有在他面前，才会一身骄傲如虚设。

“不要走，卡柏。”她柔声请求。

他回头，再次与她相拥而吻，“可可，等我，我会很快回来。”

她等来的，却是卡柏遭遇车祸的消息。

一字一句，肝肠寸断。

她强撑身体，驱车连夜赶往蓝色海岸，想见他最后一面。然而海风呜咽，空气凄寒，烧焦的汽车残骸边，只余他的白色围巾，幽幽如诉，恍如隔世。

今生今世，她已永失所爱。

回到巴黎，她令仆人在房间挂满黑纱，祭奠卡柏。

在康朋街，她细细涂抹一个双 C 标识，象征可可（Coco）与卡柏（Capel）的关系，灵魂相系，密不可分。

“我要让全世界的女人为你穿上黑裙。”

置身于无尽的悲哀里，她设计出了举世闻名的小黑裙，优雅、神秘、高贵、自由，以爱之名，诉说一个美丽又忧伤的故事。

小黑裙，也成了全世界女人的梦。但她告诉她们 ：“身为一个女人，你可以穿不起香奈儿，你也可以没有多少衣服供选择，但永远别忘记一件最重要的衣服，这件衣服叫自我。”那曾是卡柏用生命和爱，告诉她的道理。

3

1952 年，有记者问玛丽莲·梦露睡觉时穿什么，她俏皮一笑，“I wear nothing but a few drops of Chanel No.5。”（“我只穿几滴香奈儿 5 号入睡。”）

梦露以低领晚礼服亮相，肩带滑落，眼眸低垂，将一瓶香奈儿 5 号轻轻涂抹在胸间，个中旖旎，触动了一个时代的心跳。

香氛万朵，过鼻不忘。

最好的广告。

时光倏忽三十年。

1921 年，有记者问香奈儿怎样正确使用香水，她拿起一瓶香奈儿 5 号说 ："香水应该涂抹在你想被亲吻的任何地方。"

那一天，正好是"香奈儿 5 号"的发布会。

5 是她的幸运数字，源于卡柏的庇荫。他曾给她留下一张 5 号占卜牌，被她随身携带，苍翠的树木，根须延伸到土地深处，预示健康、坚强，目标即将实现。

她做服装，讲究舒适与优雅，设计香水，同样要求独立与自由。

她要的香水，必须是独一无二的气味标志，必须要像一记耳光那样令人难忘。

她告诉世人，是你选择香水，而不是让香水选择你。

选择决定一切。

选择独立，必将经历风雨，相逢虎狼，遭受明枪暗箭。

选择改变生活，必将在生活的泥淖里打碎自己，重塑不坏金身。

选择工作，就必须杀死那些安逸的想法，保证绝对的自律。

近百年来，仅凭 5 号香水的销售奇迹，即可撑起香奈儿时尚帝国的半壁江山。

人们称其为"奢侈品"。

心心念念，魂梦牵萦。

在 5 号香水里，所有的情愫，皆可安放。

而在她心里，世间万物，唯有自己才是最贵的奢侈品。

4

“我是奥弗涅唯一未灭的活火山，而整个巴黎都错以为它已经熄灭。”

岁月忽已暮。

1954 年，她七十一岁，避居瑞士，内心空虚一片。

财富和爱情，都不能带给她最核心的安全感。

唯有工作，才是抵抗孤独、颓败以及流言的最好武器。

于是，历经“二战”、流亡、公司关门，她再次盛装归来，烈焰红唇，耳缀明珠，再起东山。

回归的第一场发布会，以惨败告终。

有人来看热闹，也有人来看笑话。

“一瓣老蒜”，“香奈儿已经过时了……”

殊不知，世间所有的冷嘲热讽，都不过是在为她的斗志添薪加柴。

“没有人可以打败我，除了我自己。”失败固然痛苦，维持原状则更为悲哀。若一个人的内心无比强大，任何事物都不能将其摧毁。而一个人获得的真正的自由，即是可以不为别人的看法而活，可以屏蔽掉来自外界的干扰。曾经风光闪耀时，她不曾自满，如今黯淡荒凉时，她又怎会自弃。

数年之后，她终于夺回时尚界的第一把交椅。八十岁，她依然在工作，孜孜不倦，永不懈怠。八十七岁，为了练习手指的灵敏度，她还在学吉他。在下班后，她最孤独的时刻，坐在寓所的乌木漆面屏风下，身边白山茶静静开放，她就会开始自弹自唱一支曲子，“美丽的恋人啊，你是我的家乡，你是我回不去的时光……”

往昔时光不可追，她一生情人无数，如今都已离她远去。有些人，她甚至记不清他们的脸。唯有卡柏，是她永远的归途。

“愿我的传奇常留世人心中，永远鲜明如新。”

闭上眼睛，想起生命中别人给她下的第一个预言，这一生，她到底是赢了。

05

1900－1988

张幼仪

Zhang Youyi

我不是有魅力的女人，不像别的女人那样，
我做人严肃，因为我是苦过来的。

徐志摩的原配，1915年嫁给徐志摩，1922年于德国生次子德生后与徐志摩签字离婚，这是中国依据《民法》判决的第一桩西式文明离婚案。1926年归国开展自己的事业，在东吴大学教德文，并担任上海女子商业储蓄银行副总裁、云裳服装公司总经理。

很感谢你能来，不遗憾你离开

文 / 凌小夕

“凡为女子，大理须明。温柔典雅，四德三从……”

三进深的江南老宅里，阳光照在苍郁的青苔上，饱满得要滴出汁液来，教书先生的声音却如干枯的藤蔓，仿佛要缠住女子的一生。

那是张幼仪人生中的第一堂课。

千字《闺训》，一字一句，都在教她识命、认命。

命是什么？

是人、一、叩，是一个人向上天叩首臣服的过程。

张家包括张幼仪在内一共十二个孩子，八男四女，但她的母亲总会告诉人家，她只有八个孩子——女儿，从来都是不算数的。

就像男孩生下后，阿嬷会把脐带埋在床下的坛子里，寓意辅继香火，延绵姓氏，而女孩出生后，脐带只能埋在屋外。

家中第二个女儿出生后，父亲为其取名，学名嘉玢，小名幼仪。

嘉为美，玢为玉；幼为善，仪为德。

在生命的伊始，名字，便是父亲给她的命运，她一生都在按照自己名字蕴含的意义恪守自身，奉行美德。

张幼仪四岁那年，正逢灶神节，家里的阿嬷特意为她准备了一碗红豆沙汤圆。

阿嬷不识诗书，只笃信神灵，她告诉张幼仪，女孩子吃下灶神节的汤圆，便可获得软糯的性情和温香的骨骼。

吃了这碗汤圆，更适合裹脚。

“就像你的母亲，金莲三寸……”阿嬷有一双大脚，所以她只能做阿嬷，干一辈子粗活，受尽劳累。她那样说起的时候，总会露出欣羡的神情，只恨自己未曾裹脚，抑或是恨出身寒微，没有裹脚的“福分”。

张幼仪的母亲有一双令她自己引以为傲的小脚。

张幼仪曾看到母亲在一个又一个的清晨,用素净的布条把脚裹好，再穿到绣花鞋里，如进行一场沉默而虔诚的仪式。到了傍晚，母亲便解下布条，把脚泡在加满香料的清水里，像两瓣新月的影子，静待父亲归来的脚步声。而她每次走路的时候，那小小的鞋尖就会轮流从裙摆下露出来，似荷风摇曳，步步生姿。

还有用人们的消遣之言——

在灯火暧昧的乐坊，那些裹脚的姑娘可以站在荷叶桌上跳舞，她们纤细的腰肢和玲珑的小脚常把男人们迷得神魂颠倒。

每到月上中天，冗长的行酒令结束后，当晚的赢家就会将一只绣花鞋里装的最后一杯酒饮下，然后与那鞋子的主人共度良宵。

在激情缠绵的最后一刻，她会解开脚上的布条，露出月白色的脚背给他看，他则会把那莲瓣一般的小脚举到肩上，再放入口中吸吮。

灶神节刚过，母亲与阿嬷便要给张幼仪裹脚。

“认命吧，孩子。”母亲幽叹一声。

房间里传来一阵撕心裂肺的喊叫。

那时的张幼仪哭哑了嗓子也不明白，为何女人不能自主命运，为何要让脚成为取悦男人的工具，那所谓的三寸金莲，就像鸟被打断的双翅，从此失去自我与自由，只余年华，慢慢腐朽。

好在三天之后，正遭受折骨之痛的张幼仪被二哥张君劢解救。

是时二哥已年满十七，才华翩翩，一腔赤诚。他与母亲商量半晌，终于以兄长一诺，换得幼仪自由。

“如果有一天，没有人愿意娶她，我愿意照顾她一生。”

“她怕是要自食苦果。”

“即便是苦果，也是她的命。”

1

“谨以白头之约，书向鸿笺；好将红叶之盟，载明鸳谱。”

1915 年 12 月 5 日，张幼仪大婚。

婚礼空前盛大，嫁妆全是从欧洲采购而来，一节火车车厢都装不下，须由张家四哥驳船送至夫家。

奉父母之命，行媒妁之言。

是夜，十五岁的她头戴花冠，轻纱覆面，坐在红烛罗帐的洞房里，忐忑不安地等她的丈夫，一个叫徐志摩的人。

窗前月色如练，门外人潮如沸，她却觉得自己像一座小小的孤岛，心事寂寂，长满青苔。

两年前，她在苏州读书，第一次见到他的照片。他戴着一副金丝边眼镜，嘴角微微含笑，一脸温文，身材清瘦修长，如华茂春松。

心悦君兮君不知。

“如此奇才，假以时日，定当前途无量。”四哥张嘉璈对他赞赏不已。

他是四哥物色的人选，浙江富商徐申如之子，少年才俊，四岁识诗书，八岁习古文，十五岁时在杭州府中写的一篇《论小说与社会之关系》已具大家风范，放眼江浙同辈，无人可出其右。

于是四哥主动托人向徐家求亲，以二妹张幼仪相许。

徐家相闻张二小姐“线条甚美，雅爱淡妆，沉默寡言，举止端庄，秀外慧中”，其祖父为官，父辈行医，兄长从政，家族声望皆清美，便很快复信：“我徐申如有幸以张嘉璈之妹为媳。”又令人送金鸳鸯一对下聘，两家算是正式结亲。

彼时，她曾在心底暗自期许，她未来的夫君，将来可以像二哥、四哥一样负笈海外，光耀门楣，报国济世。

也曾期许婚后的生活，可以琴瑟在御，莫不静好。

却不知，徐志摩从一开始就抵触这桩姻缘。

他想要一个新式的新娘，想要一个自由恋爱的灵魂伴侣，而不是一个强加在他身上的传宗接代的任务，一个儿时裹过脚的旧式女子，一个不媚不娇不争不辩的“乡下土包子”。

直到数年之后，他当初的嫌弃之言通过用人的闲谈辗转进入她的耳朵，她才明白，为何在那天的整个婚礼过程中，他都不肯多看她一眼，为何他们的新婚之夜，气氛会那般沉默和难堪。

嫁入徐家之后，世人皆称她淡雅贤淑，对公婆晨昏定省，待下人和颜悦色。但这些放在两个人的婚姻里，却成了最无用的东西。

她始终无法取悦丈夫。

他与她肌肤相亲，却无耳鬓厮磨。

他与她同床共枕，却是心隔天涯。

他是她的丈夫，却待她如同陌生人。

她看不见他的心，他更不懂得她的好。

新婚后的那段时日，他几乎每天都会外出，而按照规矩，她需要待在家里，恪守少奶奶的本分，不抛头露面，只专心女红。

“鸳鸯于飞，毕之罗之。君子万年，福禄宜之。”

她绣并蒂莲花，绣交颈鸳鸯，细致绵密的针脚，一如她的心思，内有风云万千，偏是敛藏不露。

如若是雨雪天气，他则会坐在窗边看书，一坐便是一整天。她算不得饱读诗书，但也略通笔墨，知道什么是红袖添香，什么是赌书泼茶。

无奈江南冷雨寒凉，也不及他眼神里的飞霜。

小年大雪，她在宅院里折下数枝梅花，想与他一起观赏。她知道他最爱梅花。她想告诉他："寻常一样窗前月，才有梅花便不同。"

然而满腔心绪到了嘴边，却成了一句："茶凉了，我给你换一杯。"

春节过后，新婚不足两月，徐志摩便离家求学，从上海，到北京，后又入梁启超门下，成为梁先生最钟爱的弟子。

张幼仪是少奶奶，只能在家等待。

一次与用人闲聊，用人告诉她，离徐家不远的东山山顶上，有一座望夫石，是很久以前的一个妇人变的，她在那里苦苦等待出海的丈夫归来，终日以泪洗面，最后竟化作了坚硬的岩石。

听着别人的故事，她不知自己心里为何寸寸冰裂。

白头之约，红叶之盟，婚书上的字迹尚未褪色，她心里却承受了桑田沧海，如窗外寒梅，朵朵尽谢。

冬去春来，家书不归。

一夜鱼鸟无消息，雨打梨花深闭门。

是夜，枕着两行清泪，她梦见自己也变成了望夫石。

2

1918年夏，张幼仪生下长子阿欢。

子嗣落地，徐家终于可以安心为徐志摩“放行”。8月，阿欢尚在襁褓之中，徐志摩便赴美求学，希望有朝一日，能在政界和金融界大展拳脚。

张幼仪虽是旧式小女子，也知国难方兴，室如悬磬，岂容他人鱼肉的道理。她的丈夫是有志青年，是时势造就的英雄，是去寻求救国之道的。

但此一去，远隔重洋，相思无凭，雁书难托，锦瑟年华与谁度？而且，他留学西方，她固步硖石，夫妻之间本就形同云泥，日后差距势必越来越大。

他有青云之志，她有白首之心。

她喜忧参半。

1920年11月26日，一纸家书到达硖石，徐志摩在信上称，希望张幼仪出国陪读。

张幼仪心中大喜，她多年的等待，终于守得云开。

纵使她明白，这并不是丈夫的初衷，而是二哥从中斡旋的结果。她的担忧即是二哥的担忧，二哥怜她，便尽力成全她。

张幼仪太想出国了，她嫁入徐家五年，与徐志摩共处的时间却屈指可数。

她曾无数次地幻想，自己穿着西服，抱着书本，和徐志摩一起走在街上去上课的情景。

也曾经常做一个美梦，他在桌前研究学问，她在厨房准备饭食，空气里有笔墨纸砚的香气，也有柴米油盐的温馨，窗外花枝的影子映在粉墙上，心底溢满平静与幸福。

同年 12 月底，张幼仪启程，去伦敦与徐志摩团聚。

是时徐志摩已获得美国哥伦比亚大学政治学硕士学位，但他不再想要“资本救国”，而是想要“文化救国”，所以，他要师从罗素，要在伦敦剑桥大学学习哲学与文化。

张幼仪尊重他的一切决定。“未嫁从父，既嫁从夫，夫死从子”，出嫁之前，母亲就曾告诫她，一个女人，结婚后就是男人的附属，永远不能在丈夫面前说“不”。

换言之，妻子的命运，就是丈夫给的。

那么接下来，命运又会给她什么？

直至苍苍暮年时，她生活安定，儿孙绕膝，也无法释怀彼年彼刻，他们久别重逢在马赛港口相见时，他眼神里流露出来的那种嫌恶。

为了那次相聚，她特意挑选了最好的衣服，想着怎样的面料，怎样的花色，会让他喜欢。而当她站在甲板上紧张、欣喜又急切地等着上岸时，才知道，又是自己一厢情愿。

他站在汹涌的人群里，穿着一件黑色大衣，脖子上戴着一条白色围巾，显得俊逸温雅。她第一次见他穿西装，但她还是第一眼就认出了他。

因为他是人群中唯一在脸上写着“不情愿来到此地”的人。

在伦敦，夫妻俩先是暂住在中国同学会，一直到1921年夏，徐志摩以特别生的资格进入剑桥大学王家学院之后，他们才搬到沙士顿乡下居住。

从此，他开启了他的康桥生活，意气风发，呼朋唤友，诗心奕奕。

而她，整日独守小屋，言语不通，丈夫不爱，像一把秋天的扇子，一件被主人遗弃在柜子里的旧衣。

更伤人的，是他对任何人都可以热情激扬，无论谈文学谈风月谈日常琐事，唯独待她，三分客气，七分漠然，从不高声说话，但那冷淡疏离的语气，更像是一把软刀子，杀人不见血，却又刀刀直抵要害。

她不知道，到底自己做错了什么？

终于有一天，他告诉她，是因为“西服与小脚不般配”。

所以，他要离婚，他要做中国新式离婚的第一人。

“可是，我已经怀孕了。”她声音发颤。

“那就把孩子打掉。”他步步紧逼。

“打胎会死人的。”她满目错愕。

“坐火车也会死人。”他心如玄铁。

有人说，当一个男人不爱一个女人时，她哭闹是错，静默是错，活着呼吸是错，死了还是错。

可不是嘛，不爱一个人，总有一百个理由。

她是包办婚姻的产物，她裹过脚，她有一颗守旧的心，她配不上他新式的灵魂……任何一个理由，就足以令这段关系万劫不复。

一时间，委屈、恐惧、惊慌、悲戚……各种复杂的情绪齐齐涌上心头，她转身向阳台冲去，却发现他追上来，一把拽住她的衣袖："我以为你要自杀！"

她瘫坐在地上，不禁满心哀凉。

其实她早就知道，他在外面有了女朋友，一个叫林徽因的女孩，"论中西文学及品貌，当世女子舍其莫属"。他们在伦敦相识，用英文通信，就是为了掩人耳目。

她以为，最糟糕的，不过是他纳林徽因为妾，她则孤独终老，空房一生。又怎知，对方有言在先："我不是那种滥用感情的女孩子，你若真的能够爱我，就不能给我一个尴尬的位置……你必须在我与张幼仪之间做出选择，你不能对两个女人都不负责……"

她以为，出国之后，将是她的柳暗花明，又怎知，自己竟被他一步一步逼至山穷水尽。

"身体发肤，受之父母，不敢毁伤，孝之始也。"

而她又很快发现，即便是山穷水尽之时，就连死，她都做不了主。

3

提出离婚之后，徐志摩就不辞而别，音信全无。

张幼仪一个人住在沙士顿，异国他乡，无枝可依，便只能写信向留学巴黎的二哥求助。

二哥很快来信："张家失徐志摩之痛，如丧考妣……万勿打胎，兄愿收养。抛却诸事，前来巴黎。"

她没想到，徐志摩在张家人心里有着如此重的分量。

在横渡英吉利海峡的船上，她思前想后，寻找自己在这段婚姻里一败涂地的缘由。她想起母亲当初说过的话，永远不要对你的丈夫说"不"，也想起自己是张家唯一没有真正裹脚的女儿。

或许，这便是冥冥之中，命运的某种昭示。

在此之前，她的人生，都是被动的，一退再退，终退无可退。

二十余载，识命认命又如何？

她从未为自己活过。

站在甲板之上，看着沧海横流，风云涌动，她竟第一次生出了要主宰命运的想法。

她要把腹中的孩子留下来，而且，要独立抚养他长大。

1922 年 2 月，张幼仪生下第二个孩子，取名德生。

是时，通过二哥安排，她与七弟正在柏林暂居。

不久后，徐志摩也赶到了柏林，但他不是为了探望张幼仪，也不是为了看望孩子，而是为了让张幼仪尽快签下离婚文书。

时隔半年，历经伤痛，张幼仪已冷静成熟了许多："如果你要离婚，我没意见。但我觉得应该先知会父母。"

他急不可耐："不行，林徽因要回国了，我非现在离婚不可。"

她瞬间心如死灰。

于是遂他心愿，迅速签下文件。

怎知他高兴得像个小孩，脸上笑逐颜开，还要去育婴房看德生，一时看得痴迷，竟如痴如醉。

世间自是有情痴，此恨不关风与月。

她站在他的身后，看着这个熟悉又陌生的男人，再次思绪万千。

曾经，她胆小谨慎，却想大声感谢命运，可以做徐志摩的妻子；现在，她一无所惧，亦想郑重地告诉自己，此后的路，每一步都要争气。

德国四年，她奋发图强，用功读书，不舍日夜。

期间经历生活的艰辛，也经历情感的大恸。

1925 年 3 月，德生夭折，她肝肠寸断，瘦到形销骨立，但依然坚持去上学，学德文，学经济，学管理，学日后可以独立自主的本领。

没有什么可以打倒她。

也没有人知道，她一个女人，要遭受几番炼狱，才能得以脱胎换骨，断翅重生。

4

“我要为离婚感谢徐志摩。若不是离婚，我可能永远都没办法找到我自己，也没办法成长。他使我得到解脱，变成另外一个人。”

1926 年春，张幼仪回国。

是时，她以徐家干女儿的身份，参与徐志摩与陆小曼的婚事。

当初，他为林徽因离婚，林徽因却随父回国选择了梁思成。

他不甘心，一路追回国内，并放言：“我将在茫茫人海中寻觅灵魂之伴侣，得之，我幸，不得，我命。”

但命运的无情，恰是最大的公平。

徐志摩曾负她、弃她，伤她至体无完肤，也终于被别人折磨得痛苦不堪。

1924 年，林徽因与梁思成双双赴美，徐志摩又爱上有夫之妇陆小曼。

他们为了结合，一个饱受流言，一个周折费尽，先需苦等陆小曼恢复单身，后要疏通父母的阻难。

“只有张幼仪同意，陆小曼才可进门”，是徐家二老最后的让步。

在上海的一家旅馆里，她曾经的公婆问她：“你反对他同陆小曼结婚吗？”

张幼仪冷静地说：“不反对。”

时光如剑故人如虹，她转身走在上海的街道上，心底眼里，风烟俱净。

很感谢你能来，不遗憾你离开。

他曾亲手将她推下命运的深渊，也是他让她知道，原来自己也是会飞的，自己也可以拥有一片天空。

但她从未想过，有朝一日，她与徐志摩的关系会变得融洽如至亲。

回国后，张幼仪先在东吴大学教德文，后又出任上海女子商业银行副总裁与云裳服装公司总经理。

多年隐忍，厚积薄发，她终于用自己的能力与魄力，赢得了财富与声望。

而徐志摩与陆小曼结婚后，为了满足陆小曼的挥霍，却整日奔波劳累，尝尽谋生之苦。

在上海，她与徐家二老以及阿欢同住，和徐志摩是邻居。

陆小曼沉迷十里洋场，又吸食阿芙蓉（鸦片），已与公婆决裂，但她风情入骨，让徐志摩言听计从。

她则依旧沉默寡言，照顾老人，抚养幼子，心间一片清风皓月。

一颗心死掉又重生的人，没有那么多的多愁善感，她只知道，在他落难时，她还是会帮他，在他劳苦时，她还是会不忍。

有时，徐志摩为家庭开销一筹莫展，她就会私下拿钱给他，谎称是徐父的接济。

他经常去“云裳”看她，与她一起挑选衣服的款式，与她谈论家国之事，也与她倾诉生活的烦忧。有一次，他定制了几件衬衫，她便为他做了一条领带，又绣上一朵梅花。

1931 年 11 月 19 日，徐志摩乘飞机遇难，一夕永诀。

“万里快鹏飞，独憾翳云遂失路；一朝惊鹤化，我怜弱息去招魂。”

张幼仪操办了他的后事。

无论如何，徐志摩是她儿子的父亲，是她兄长的挚友，是她唯一爱过的男人。

她待他，是义，也是情。

“在他的几个女人中，说不定我最爱他。”

世人赞她顾全大局，称她以德报怨，她皆不愿争辩。果决清醒如她，倘若真的不爱，又何必拖泥带水。

多年后，她搬至香港居住，有人向她求婚。“夫死从子”，她写信问阿欢的意见，阿欢回信：

> 母孀居守节，逾三十年，生我抚我，鞠我育我，劬劳之恩，昊天罔极。今幸粗有树立，且能自赡，诸孙长成，全出母训。……综母生平，殊少欢愉。母职已尽，母心宜慰，谁慰母氏？谁伴母氏？母如得人，儿请父事。

她潸然泪下。

不是因为儿子的体谅，而是因为旁人皆道，阿欢这封信字里行间的风格太像他父亲徐志摩了。1974 年，她的第二任丈夫去世，她又去往美国，与兄长、儿子相伴。

张家后辈称她“亲伯伯”，因她是女中豪杰，心有男儿气概。但照片上的她，分明是端庄高雅，一脸的慧光清平。

1988 年 1 月 21 日，她在纽约安然离世。

美国《纽约时报》在 1 月 24 日发表了一篇专题文章悼念张幼仪，标题为《徐志摩原配张幼仪女士在纽约病逝享年 88 岁——张君劢张公权昆仲胞妹曾是风云女性》。

按照她的遗愿，后人在她棺木里放入一枝故国的梅花。

相思一夜梅花发，忽到窗前疑似君。

临终时，一生的风云与情感掠过心间，她又想起命运的种种深意。

她半生隐忍，半世孤寒，皆因在十五岁那年的江南冬日，做了徐志摩的妻子。

彼时，她豆蔻年华，思绪婉转，他清冷倨傲，满腹才思。

窗外雪月相照，命运的影子落在纸上，她端起一杯茶，他蘸墨写下——

案上插了一枝花便不寂寞，最宜人是月移花影上窗纱。

06

1900－1997

董竹君

Dong Zhujun

我从不因被曲解而改变初衷；
不因冷落而怀疑信念；
亦不因年迈而放慢脚步。

近代企业家，中国女权运动的先驱，上海锦江饭店的创始人，曾连续七届任全国政协委员。

兰秋香风远，松寒不改容

文 / 瑶华

或许人们已经习惯了这样一种思维定势：千百年来，美丽聪慧的女子倘若经历坎坷困苦，便要下定论："红颜薄命"；若是拥有财富、地位和名誉，便等同于"绝代佳人"。这是一个刻板印象大行其道的时代，贫寒的出身常会被认为输在起跑线上，要取得世人眼中的成功需要付出更残酷的代价。

然而，世间百态，不是单调的程序。每个人都走在属于自己的路上，有的人走的路虽坎坷，但人生却承担了更深远的意义。

仅仅以"绝代佳人"来评价她似乎太单薄。她不是金玉围绕、不知人间疾苦的富贵花，而是以竹子的韧性、兰花的孤洁和青松的意志，在黑暗的世道里闯出一片天地。

她是出身贫贱的黄包车夫的女儿，从最贫最贱最失所的杂草里挣扎出来。那个住在臭水浜旁，抱着夭折的弟弟，衣衫破旧、辫子上扎着最廉价的粗头绳的女孩，叫阿媛。

她是上海长三堂子里炙手可热的"小先生"，出淤泥而不染。那个被满身的绫罗绸缎、珠翠金玉束缚着，在青楼花酒之间没完没了地周旋的"清倌人"，叫杨兰春。

她是带着四个女儿开启新生活的单身母亲，在黄浦江畔书写“锦江”传奇。那个上海滩的传奇女企业家，叫董竹君。

她的出身可以说彻底输在了起跑线上，一生之中经历过数次几近毁灭的打击，又一次次做出令人惊异的成就。这一生，无论经历过什么，从泥沼攀上月亮，从天堂跌落地狱，她始终从容，永不向灾难低头，永不随波逐流。

她的人生，如同一盏不熄之灯，让后来者汲取光明。

1

溯光阴之河而上，回到百年之前的上海。1900 年，一个小女孩出生在贫民窟中。父亲是黄包车夫，母亲是上海人口中的“娘姨”，也就是女佣。三个孩子里，她是唯一活下来的，本名董毛媛，小名“阿媛”。如果没有意外，她也会重复母亲的命运，挣扎在温饱线上，与穷困为伍。

阿媛相貌姣好，聪明伶俐，被叫作“小西施”。童年时的阿媛，最期待的事是买一碗小馄饨拌饭吃，或者要一根精细一些的绒线扎辫子。但家里太穷，这样的小愿望，也不容易实现。

父母抱着微茫的希望，想着或许她可以嫁一户稍微富裕一些的人家，于是送她去读书。但没多久，一场伤寒让父亲丧失了劳动能力。

家里的债越欠越多，连生存都成了问题。

日益长大的阿媛，就像是乱草丛中初开的一朵鲜花，觊觎的目光已经盯上了她和这个穷困的家庭，而父母无力保护她。为了一点微薄的收入，父母只能忍痛将阿媛送去做卖艺不卖身的“清倌人”。

阿媛大哭一场，日子总归还要过下去，为了父母能够生存，她坐进了堂子派来的轿子。

仿佛一夜之间长大。

这种担起所有的责任感，伴随了她一生。

莎士比亚的“弱者，你的名字是女人”，道出了千百年来世人对女子的刻板印象：弱小而需要保护。如果女性自己也沉浸在这种印象里，就会习惯遇到困难躲开，留给他人去担当，却失去了把握自己命运的机会。

人活着就与责任难分难解，放弃固然轻易，但放弃的代价往往超出想象。

2

十三岁的阿媛，在今天还只是初中生的年纪，就要以“小先生杨兰春”的身份，打扮得珠围翠绕，奔走在一个又一个饭局之间，卖唱、卖笑，忍受着那些贪婪的、赤裸裸的目光，老鸨开始向客人暗示她的价格。

这是一个见不到阳光的泥潭，有人被诱骗，有人被强迫，有人就此认命，结局都是被黑暗吞噬。

很多人发现无路可走后，或选择堕落，或在自怨自艾里了却残生。

阿媛同样感到不甘心和悲愤，但她没有浑浑噩噩，而是明确了要离开这里的目标。

但是，囿于环境和见闻，当时的阿媛所能想到的，也只是找到一个靠得住的男人，和他结为夫妇。

当时辛亥革命虽成功推翻了封建统治，但社会仍动荡不安，众多革命党人为躲避追捕藏身于上海，在青楼中以打茶围为名相聚密谈。经常出现在他们聚会中的阿媛喜欢听这些人高谈阔论，她发现，在自己生活的小天地之外，还有一个更广阔的世界。

好几个人都对她表达了好感，但她的目光只停留在一个名叫夏之时的青年身上。这人是同盟会的元老，推翻清政府后被选为四川省副都督，现下在上海策划讨伐袁世凯大计。

但当夏之时告诉她老鸨要求他用 3 万大洋赎身的时候，阿媛却不卑不亢地说："我不要你拿钱赎我。这样，你永远会说我是你买来的！"

老鸨发觉夏之时榨不出什么油水，便将阿媛关起来，准备逼她卖身。

十五岁的阿媛成功从火坑里逃出，她怀着对未来的憧憬，和夏之时举行了简单的文明婚礼。

这是她迈向自由的转折点。

这不仅仅是幸运，而是对自己的勇气和智慧有充分的自信后，及时做出的选择。

八十多年后，她说："我对事物的感觉是，一个人呀，人生几十年，酸甜苦辣，什么样的事情，大大小小都会遇到的，看你怎么去对付它。随心所欲做不到，随遇而安不会做不到的。"

当困难扑面而来的时候，是沉下心来解决它，还是被它压垮？

人的一生是沉重的，除了极少数一生无忧的幸运儿，大部分人要面对的困难不知多少。可以说，对困难的态度，决定了人一生的走向。

阿媛战胜人生中第一次重大困难，靠的就是她独立的态度。

她不是坐等王子拯救的公主，而是自己斩开了面前的荆棘。

3

阿媛与夏之时约定了三件事：不做小老婆；要去日本读书；将来组织一个好好的家庭，"你去做你的国家大事，我做你的好内助"。夏之时履行诺言，带阿媛一起去了日本，她也正式改名董竹君。

相处日久，夏之时渐渐露出了专横的一面，对董竹君各方面都要压制和管控。他曾给她一把枪，特意说，如果她做了对不起他的事，这把枪就是她的归宿。

当然可以说这是以爱之名。但这样充满了霸道与独裁的爱，是真正的爱吗?

固然，夏之时爱董竹君的美丽和聪明，但他真正想要的是一只养在金笼子里的鸟、一株种在花盆里的花。如果有不合他心意的地方，宁可亲手毁掉鸟和花。

董竹君默默地忍耐下来，随丈夫一起回到四川，成为旧式大家庭的主妇。她将自己全部的聪明才智都用来料理忙不完的家事，解决复杂的人际关系，做一个贤妻良母。

她是四女一儿的母亲，是大家庭事务的担当者，是丈夫所有杂事的后盾。花木扶疏的庭院，日益长大的子女，雕梁画栋的豪宅，是她辛苦经营的家，也是她的牢笼。

很多人都说，其他女人不都这样吗?甚至比她还辛苦的也不少，她已经攀了高枝，还想怎样?

但董竹君不甘心止步于此。抱着为穷人做点事的朴素愿望，她在成都开办了一家女子织袜厂，招募穷苦女性来做工。她愿以自己的付出让更多的女性独立，一点点改变这个畸形的社会。

后来她又创办了飞鹰黄包车公司,以低价出租给穷苦的黄包车夫。

她没有让自己完全沉湎在琐碎的事务里，而是让所有的历练都成为对日后发展有利的经验，给未来创造更多可能。

她在前进，丈夫却停下了脚步。夏之时事业失意，退回家中，每天抽鸦片，玩麻将，对生病的女儿不闻不问，动辄对董竹君辱骂甚至实施家暴。

有客人称赞 :“你们家里前面琅琅读书声，后面一片织机声，真是朝气蓬勃！”可是，搓麻将的声音、烧鸦片的味道，时时萦绕在家中，无处可避。

董竹君的父母来四川投奔她，夏之时觉得他们出身低贱，一直冷言冷语。父亲给他熬鸦片，夏之时觉得他私藏了烟土，争吵不休。母亲丢了唯一的金簪子，哭泣不止，夏之时竟然喝令下人 :“拿绳子绑起来！让她哭哭啼啼干什么？”

两人的裂痕日益深重。

是甘心屈服这样的命运，像很多婚姻的牺牲者那样，用一生换一个贤妻的名号，还是永远地离开已经没有了感情的丈夫，转头开始新的未知生活？

在他人的议论、独立生存的压力面前，有的女人明知夫妻关系已无可挽救，也要死死抱着名存实亡的婚姻。

但董竹君选择了后者。

做出这样的决定，不是头脑发热，而是对自己有着足够的自信，才能迈出这一步。

她带着四个女儿，和夏之时分道扬镳。儿子留给了丈夫，成年后才和她重聚。

夏之时苦苦哀求，发现无法说动妻子，冷笑着下了断言："你们在上海要是不跳黄浦江，我手板心煎鱼给你吃！"

他不仅没给抚养费，还向两人共同的朋友写信诋毁前妻，甚至还以"她是共产党"为由，与川军军长范绍增密谋要暗杀董竹君。

董竹君自然是没死，夏之时本人却因为历史背景复杂，死于解放后的运动中。

在他死后的几十年里，董竹君多次资助他的家人。

恩怨已成空，但求问心无愧。

4

上海的确难以立足，董竹君一度靠典当物品维持生计，最困难的时候把皮鞋卖掉才换来孩子们的一顿早餐。但她仍然想尽办法让四个女儿接受最好的教育，带着还是小学生的女儿们去听鲁迅先生的讲座。

董竹君的母亲絮叨："男人脾气坏点有什么要紧？看你现在，什么都没了！"

她咬紧牙关，偏不信命。

别人越说"一个女人做得了什么事？"，她越要去争。

她创办了群益纱管厂，却在战乱中被炸毁。

她参加抗日活动，却被捕入狱，还被律师勒索。

父母在贫病交困中离世。

大大小小的困难，像雪球一样迎面扑来，越滚越大，人们都觉得她顶不住了，董竹君仍然没有倒下！

每一个足以让其他人一蹶不振的挫折，都使她更坚强，更执着。

终于，她的命运迎来了转机，在李嵩高的两千大洋资助下，董竹君结合自己在四川的十年生涯，开办了一家名为"锦江小餐"的川菜馆。

这，就是锦江饭店的前身。

锦江春色来天地，玉垒浮云变古今。它代表着董竹君十年的四川生活，也代表着对未来的希冀。

董竹君将自己在日本留学时用心观察得来的体验运用到饭馆经营中，将日本严格的卫生要求和细致周到的服务引入"锦江小餐"。饭店虽不大，却打理得清洁雅致，她还将川菜的麻辣口味加以改良，让菜品更适合上海人口味。

《大公报》记者亲临"锦江小餐"后，描述了店内的景象："在墙面是红色的屋子里，桌椅、茶几、窗帘、纱灯罩也一律配着红色，再装上银白色的火炉，挂上些色彩鲜明的图画。墙面刷成蓝色的房间，配着蓝色的纱窗帘，黑色的桌椅，金黄色的火炉，再挂上几幅镶着黑色窄边镜框的蓝底金绣的尺页，或旧式衣服上裁下的一条窄长的花边……"

即使在今天的人看来，那也是别致的审美趣味。

没多久，饭店生意便火爆之极。

但一个女人独立撑起事业会有多难，可以想象。

为了提高“锦江小餐”的服务水平，她亲自培训所有员工，要求员工团结互助，对工作绝对负责，严禁抽烟、赌博等恶习。

要求固然严格，员工的福利却相当完善，董竹君对下属的关心也是无微不至。

开业初期，资金周转不足，她借来朋友的手表典当抵押，也要准时发工资。

一位点心师傅的妻子产后突发急病，她陪着整夜看护，直到转危为安。

但如果认为她只有宽容的一面，那就错了。应对复杂的人事关系，也需要雷霆手段。

“锦江”的原主厨带头不守店规，贪污浪费，很快被董竹君发现。这位厨师是她从四川亲自聘请来的，烹饪水平高超，因此有恃无恐，认为老板一定不会严肃处理。

董竹君却毫不犹豫地开除了他和同伙。

厨师临走的时候，放出狠话：“看店里的菜怎么做！”

其他人不免担心，挑大梁的走了，如果菜色不合顾客口味，生意不就完了吗?

董竹君泰然处之。

新厨师到位后，做出的菜与原来的厨师相比竟毫不逊色。

下属们见识到她的果决，又佩服她的能力，更加忠诚于她。

以董竹君的外貌和气质，不乏追求者，但她始终坚持自己的原则，不为任何人或事改变，即使处于艰难之中，也拒绝将自己置身于男人的羽翼之下。

当时锦江的座上客中有一位法租界工部局董事张翼枢。此人背景深厚，连蒋介石都对他颇为礼敬，是一般人得罪不起的角色。

张翼枢很快向董竹君表达了爱意。但董竹君温和而坚决地拒绝了他，张翼枢只能悻悻离去。

无论对方的地位多高、条件多诱人，她都不会被冲昏头脑，保持着理智和自制力。

理智和坚定相辅相成，成了她成功的基石。

5

早在20世纪40年代，董竹君就以“锦江”两店作掩护，积极支持革命工作。全国解放后，上海市公安局及市委希望将“锦江”扩大为中央领导和外宾来访时安全可靠的食宿地，董竹君慨然应允，奉命将锦江小餐和锦江茶室迁移扩大为锦江饭店，承担重要政治任务，她担任首任董事长。

不久，在公私合营的大形势下，董竹君将自己一手创办、价值几千万美元的锦江饭店交给了国家，自己不留分文。

有人说她傻，她一笑置之。后来，她简单地解释："我从来没有把这些东西当成自己的财产。解放了，还有很多事情好做！"

这样说的人，并不了解她的信仰。

20 世纪 50 年代初，周恩来总理曾经设家宴款待董竹君，感谢她对党和国家在各方面做的贡献，赞扬她"身为都督夫人，抛弃荣华，单枪匹马，参加革命真难得"！

这是对她的理想最好的总结。

在董竹君的一生里，有人看到了冷硬的决断，有人看到了温柔的智慧，有人看到了倔强的独立……而她，在九十七岁时这样总结了自己的一生："我从不因被曲解而改变初衷；不因冷落而怀疑信念；亦不因年迈而放慢脚步。"

她的故事带给后来者的，不只是啧啧称奇的谈资，更是在无助时刻能够激励自己再次站起来的力量。

在人生的漫漫长路上，有人期待光明，更有人将自己活成了人世间的光明。

一次次开启新的征程，事业与亲情的担子从未放下，前行的力量从未枯竭，她向这世界展示了在风刀霜剑之中，活出来的最美的模样。

07

1904－1955

林徽因

Lin Huiyin

记忆的梗上，谁不有，两三朵娉婷，
披着情绪的花，无名的展开。

建筑师、诗人和作家，是用现代科学方法研究中国古代建筑学术领域的开拓者，人民英雄纪念碑和中华人民共和国国徽深化方案的设计者之一，建筑师梁思成的第一任妻子。诗作《你是人间的四月天》为大众熟知，广为传诵。

她才是真正的“人间四月天”

文 / 绒绒

如今提到林徽因，最为人津津乐道的是她的爱情故事，林徽因是幸运的，她一生中遇到了三个美好的男人：才情如徐志摩，宽容如梁思成，君子如金岳霖。当我们用心去细细感触林徽因的一生，才会发现，她对感情倾注的精力在她整个生命的历程中，只是很少的一部分。

细数中国近代才女，张爱玲不染红尘，三毛情留撒哈拉，萧红空有才情早凋零，而林徽因是其中才华最为全面的，她在很多方面都取得了极高的成就，包括翻译、小说、散文、建筑、绘画等。

1

“一身诗意千寻瀑，万古人间四月天”，这是金岳霖对林徽因的评价，也是对她一生才华满溢的总结。正因如此，很多人只知道林徽因的才情，却忽略了在林徽因的成就中最卓越的是她和梁思成一同撰写了《中国建筑史》，并且用英文编写了《中国建筑史图录》，将我国建筑业的源起、特征、发展科学系统地展现在世人面前。

林徽因在文学与建筑上的成就是与她的出身分不开的。

1904年出生于浙江杭州的林徽因，自小随祖父母居住，八岁的时候移居上海。她的祖父是林孝恂，进士出身。她的父亲林长民毕业于日本早稻田大学，擅长诗文，曾任北洋政府司法总长等职务。出身于这样的世家,林徽因身上兼具了江南女子的柔软与书香门第的才情。

姑姑林泽民教会了她识字，自此，她便泡进了满屋藏书里。读书，滋养了她的才情，壮阔了她的格局。

父亲忙于政务，常年奔波在外，六岁时，林徽因就开始替代祖父给父亲写信，十二岁时，便被送进了当时最有名气的培华女子中学，在同学中一望而皎然。

林徽因热爱文学，擅长结交文友。

大家所知道的民国时代文人雅聚的习惯大抵是由“新月社”而来。在石虎胡同七号的雅席间，满座文人墨客。徐志摩和父亲、梁启超和儿子、王庚陆小曼夫妇、林语堂、凌叔华……都是新月社的席上嘉宾。

在当时，这种文人聚会可以说是推动政治、文化潮流的一股力量。我们可以想象，院里柳荫蔽日，屋内茶香四溢，一群文人雅士的话题在政治与艺术文化间不停流转，于谈吐闲聊间，已经引领了时代的文学走向。

当时的林徽因只有十九岁，被父亲林长民带进来。新月社对林徽因的影响是巨大的，这种文人聚会所迸发出的能量，深深触动了这个江南才女的内心。

有人评价，这种文人雅士的聚会是被林徽因推向最高峰的。

冰心在《大公报》发表的那篇《我们太太的客厅》："墙上疏疏落落的挂着几个镜框子，大多数的倒都是我们太太自己的画像和照片……无一处不表现出处女的娇情。"世人皆知冰心影射的是林徽因的生活。但其所表达出的，并不是真相。

在新月社沙龙盛况的若干年后，林长民因军阀混战而亡，梁启超由于医疗事故辞世，昔日新月社的座上客相继离世。后来，"太太的客厅"仿佛"新月社"的升级版，出现在了林徽因和她的朋友们的生命中。

这一回，主角们换成了清华大学的政治学教授张奚若、哲学教授邓叔存，国际政治专家钱端升，考古研究所所长李济，北京大学教授沈从文……这些政治、文学大家聚在一起，对当时社会的影响是不可小觑的。

2

讲林徽因的故事，兜兜转转，我们终究绕不过她与三个男人刻骨铭心的爱情。

1920年，在欧洲游历的林徽因，途经英国的时候，遇见了在英国留学的徐志摩。这一场相遇，像极了那首《鹊桥仙·纤云弄巧》中所描写的“金风玉露一相逢，便胜却人间无数”。

徐志摩曾经说，剑桥打开了他的眼，教他看见了生命里的诗歌。

而林徽因，教他遇见了生命。

在与林徽因的爱情中，徐志摩显然是热烈的，是疯狂的。他与林徽因恋爱之后，很快向原配张幼仪提出离婚。

然而，林徽因迫于压力，选择和徐志摩分手。当时十六岁的林徽因在给徐志摩的分手信中这样写道：原谅我的怯懦，我还是个未成熟的少女，我不敢将自己一下子投进那危险的旋涡，引起亲友的误解和指责、社会的喧嚣与诽难，我还不具有抗争这一切的勇气和力量。

喜欢是放肆，爱是克制。林徽因就是这样克制的，并且是冷静的，是理智而从容的。

女性越理性，活得越高级。林徽因写过一篇《九十九度中》的小说，她说：“人生总在祈求圆满，却不知太过精致，太过完美，反而要惊心度日。”而她就是那九十九度的女子，减掉了一度感性，增加了一度理性，避免自己在感情中成为卑微者。

后来林徽因嫁给梁思成，一辈子视金岳霖为挚友，心里却永远为徐志摩留了一个最特别的位置。林徽因在最著名的诗歌《你是人间的四月天》中写道：“你是爱，是暖，是希望，你是人间的四月天”。这首诗创作于1934年——徐志摩离世三年之后，梁从诫先生说，父亲梁思成说这是母亲在他出生后感到喜悦而为他作的，可是母亲并未跟他提及过这件事。

可见，这首诗更有可能像大部分人所猜测的那样，是林徽因为徐志摩而作的。

流年中烟消云散，风月里纸短情长。像林徽因这样才情绝代的女子，注定要给我们讲述爱情最好的样子，不是在现实中，就是在诗歌里。

1924年，林徽因与梁思成一同赴美攻读建筑学。次年，林徽因父亲去世，梁思成不离林徽因左右，陪伴她走出失去亲人的痛苦。

1928年，新婚之夜，梁思成问林徽因："有一句话，我只问这一次，以后都不会再问，为什么是我？"林徽因回答他："答案很长，我得用一生去回答你，准备好听了吗？"

唯美又诗意的回答，林徽因与梁思成的结合，或许是家世背景的相似，或许是日久生情，梁思成在林徽因最艰难的一段日子给予了她最温暖的陪伴。当时的林徽因一定是真诚的，梁思成也一定是极为感动的。只是，短短三年之后，林徽因便极为痛苦地向梁思成袒露："我同时爱上了两个人。"

林徽因所说的两个人，一个是丈夫梁思成，另一个，便是为了她终身未娶的金岳霖。

哲学家金岳霖是梁思成的挚友，在见到林徽因之后便钟情于她。用那句"一眼便是一生"来形容金岳霖对林徽因的感情再适合不过了。

在林徽因陷入了三人的感情旋涡之后，金岳霖极其痛苦地退出了这场纠葛。之后，他便以好朋友的身份一直陪伴在梁思成和林徽因身边，小心翼翼地相处，再也没有触碰梁、林二人的感情底线。

林徽因去世多年之后，金岳霖心中还是对她难以割舍。相传金岳霖晚年接受记者采访，记者询问林徽因早年的事情，随后拿出一张林徽因的旧照，金岳霖见到照片激动万分，问道 ：“这个能留给我吗？”得到肯定的答复后，他颤抖着双手接过照片，看了又看，摸了又摸，随后小心翼翼地放到口袋里。

我想，林徽因的一生，一定是幸福的。

她有像徐志摩一样可以给她轰轰烈烈爱情的恋人，有像梁思成一样给她安定生活的家人，有像金岳霖一样给她长久陪伴的友人。而具有如此传奇色彩的感情经历，却也使人们忽略了林徽因在其他方面的成就。

3

林徽因在文学方面取得的成就更是影响了一代又一代追求美好与自由的人。

她的诗歌、散文、小说、戏剧和文学评论等作品多见于《诗刊》《新月》《北斗》《大公报》《文学杂志》等。

她的作品大多以自己的生活与情感为主题，刻画出了时代最真实的样子。她的作品是感性的，同时也是理性的，极大推动了当时女性的思想解放与进步。同时，因为林徽因的留学经历，她的英语十分优秀，曾受聘为北平女子文理学院外语系讲授英国文学课程。

1936 年，林徽因作为文艺界的代表之一，联同其他平津各大学及文化界代表，发表《平津文化界对时局宣言》，向国民政府提出抗日救亡的要求。

正是林徽因的爱国主义情怀，让她这样一个本应温婉多情的江南女子变得坚韧顽强。战乱年代，时至中年的林徽因，生活变得落魄不堪。当时她完全可以选择到国外过上更好的生活，可以继续她客厅书房、庭院楼阁的安稳生活，但是她没有离开祖国，而是选择留下来与祖国一起面对生死存亡。

从此，林徽因跟着丈夫梁思成为了祖国的建筑事业付出了她的后半生。

“七七事变”后，在艰苦的流亡时期，林徽因在颠沛流离中为写《中国建筑史》搜集资料，经常工作到深夜。苦难的生活，必定不同于以往的富家女生活，林徽因穿着朴素，扮相多了几分农妇的模样。梁思成总会笑她，真像个北方农家的媳妇。

林徽因却不在意自己的形象，她会说：“什么美人不美人的，好像一个女人就没有什么事可做，只配做摆设似的。”

她从千金小姐变成了现实的女人、他人的妻子。颠沛流离的生活中，她依然满怀温暖与爱。当时，梁思成的皮尺丢了，而它恰是丈量古建筑的必需工具。为此，他沉默不语，闷闷不乐。当时林徽因在云南大学教书，一个月工资 40 法币，但她依然瞒着他，偷偷跑去黑市，用 23 法币买了一条皮尺送给丈夫。

为了祖国的建筑事业这一她与丈夫共同的热爱，这个民国最优雅的诗人、江南小女子林徽因，忍受着肺病带来的痛苦，同梁思成骑着毛驴、带着仪器跑遍了大半个中国。

抗战胜利后，林徽因编写了《全国文物古建筑目录》，参与了人民英雄纪念碑、八宝山公墓等的设计……

林徽因此时身体不佳，美国医生里奥来给她做了检查：“两肺和一个肾感染，存活期约为五年。”

不得已，她只能被迫摘掉这个被感染的肾脏。

有一个朋友感慨说：“原本你那样的温柔。”言语之间，有对她坚强的佩服，也有认为她不该承受如此生活的怜惜。

她却认真地回答：“温柔要有，但不是妥协，我们要在安静中，不慌不忙地坚强。”

这就是我们敬重的林徽因，她有对生活的不妥协，也有自己的坚守。

1955 年 4 月 1 日 6 时 20 分，五十一岁的林徽因在病榻上走完了她短暂的一生。

林徽因去世后，遗体被安葬在八宝山革命公墓，墓碑上刻着“建筑师林徽因墓”，这是她用生命为自己撰写的墓志铭。

后人评价林徽因：见了她，才知道“才貌是可以双全的，风华是可以绝代的”。

林徽因的可敬亦是可悲之处就在于她太完美了，她将才情、美貌、成就集于一身，以至于大部分时间里，我们无法用看待普通女人的角度来看待她，看待她的爱情，看待她的自私，看待她的一点点瑕疵。

我们说，女人，爱就要爱得热烈，但是一定要嫁给一个更爱自己的人。这也是作为一个平凡女人的林徽因的选择。

也有人评价林徽因，说她是一个混合体。用“民国第一才女”来形容她，是无可厚非的；再者，她是情感细腻的诗人，演绎了一段才子佳人的千古佳话；她也是一个逻辑严谨的建筑师，对中国建筑的贡献是不言自明的。

这样的奇女子可以说满足了男人对一个完美女人的全部想象。但我认为，她最值得我们研究和学习的，是一个女人从容、自爱、聪慧、坚忍的独立人格。

在某种程度上，她是陷入感情的泥淖中的，但是她将感情视为自己人格的附属品。她对自己的品格要求甚高，使其不流于轻浮，才使自己的人格洁净、独立，不随情感洪流沉沦。

人们皆知林徽因是睿智的，是聪慧的。但她又有不同于寻常人的聪慧，她把这种聪慧形成一种品质，充分地融入到自己的血肉中。所以无论任何时候、任何处境，她都是不慌张、不忙乱的，都极好地掌控了自己的生活，形成了属于美丽女人的专属气质。

白落梅在《林徽因传》里写：红尘陌上，独自行走，绿萝拂过衣襟，青云打湿诺言，山和水可以两两相忘，日与月可以毫无瓜葛。那时候，只一个人的浮世清欢，一个人的细水长流。

我有的时候会猜想：曾经被生活、感情所累的林徽因，是否也会在某一时刻、某一处，想一个人独自走在陌上，任绿萝拂过，不向谁许下诺言，与任何人都毫无牵绊，不做女诗人，不做建筑师，只做个清清爽爽的江南女子——林徽因。

08

1905—2017

严幼韵

Yan Youyun

每天都是好日子。

上海总商会第一任会长严信厚孙女，著名的“严氏三姐妹”之一，复旦大学第一批女学生，联合国首批女礼宾官。她是抗战时期为国捐躯的外交官杨光泩的夫人，也是“民国外交第一人”顾维钧的晚年伴侣。

每天都是好日子

文 / 傅典

画家江石邻说：人能活到高寿，就是种了不起的智慧与境界；作家李筱懿说：做美女不难，但做个一辈子的美人何其艰难。2015 年，有一位一百一十岁的老妇人，穿着剪裁合身的旗袍，淡施红妆与香水，提起笔来，一笔一画为自己的口述史作序，写下："每天都是好日子。"很显然，这是位集"高寿"与"终生美丽"于一身的女子。

如果细细翻看历史的大相册，就会发现：她的人生十分丰富。命运给了她所有女人都想要的：家世显赫、生得漂亮、嫁得极好；却也给了她世人都闻之色变的：痛失爱侣、经历硝烟战火、从死人堆里爬出来……

然而，让人真正动容的，却是她明明几经人生的翻转，眼底却不见沧桑与波澜，始终保持平和优雅、向美而生的姿态。

真所谓"岁月从不败美人"。

一个真正活出风骨的女人——我能享受最好的，也能承受最差的；我能享受命运的礼物，亦能摆平岁月的刁难。

1

1927 年，上海滩。

上海复旦大学的校门口，每到周末，总会停着一辆车牌号为 84 的豪华轿车。让人纷纷侧目的，不仅是总会有一个风姿优雅、气韵非常的姑娘，袅袅婷婷地上下车；更让人吃惊的是，这姑娘常常会径直走到驾驶座的位置，自己开车。而她的司机则默默坐在副驾驶的座位上，倒像个看护，后座则坐着她的贴身女佣。

20 世纪 20 年代，有私家车的已是极少，而会开车的女司机，几乎仅此一位，更何况，她还是中国的第一代女大学生。这“84 号”车在大上海的街头驰骋时更是“吸睛”。不仅因为“豪车 + 美女”，更因为车中美女竟喜欢将车开得风驰电掣、又险又快，却能保持一脸平静、波澜不惊——倒有点像她的性格，也非不惊不怕，而是总能温和平静地消解内心一切波澜。所以当时复旦大学的校门外，常有人慕名围观这“84 号”车，不仅有校内师生，还有校外的人。他们大多不知这姑娘到底是谁，就给她起了一个雅号：“84 号小姐”。更有男学生故意调侃而又心怀爱慕地用 84 的英文谐音，称她为“爱的福”。

这位“84 号小姐”，就是严子均的千金：严幼韵。

严子均是何许人也？他是中国近代号称“宁波商帮第一人”的严

信厚的儿子，严子均单凭从父亲那儿继承的遗产，就可说是富可敌国；此外，他自己还是轮船招商局、上海自来水公司、源通官银号等多家公司的董事，也是一代成功的商人。

如此家世显赫、仪态万千又个性十足的严幼韵，绝对是当年大上海的风云人物。许多年后的1980年，严幼韵的二女儿从纽约回到上海，在一弄堂里遇到一位老者。

当他听说身后的人是严幼韵之女时，十分狭窄、长满青苔的弄堂里，老人竟十分激动地转过身来，感叹道："你是'84号'的女儿？你母亲当年可是全上海大学生的偶像哪！我们天天站在学校的门口，就是为了一睹她的芳容。看到能兴奋一整天！"

曾经见过和追逐过她的人，几十年后对她还念念不忘。

2

二十出头、正读大学的严幼韵，家中常常是宾客盈门、才俊满堂。严家本就善结交、人缘佳，严幼韵也是同样。

有人曾总结，如果将20世纪初的上海名媛圈比喻成一张网，那么严幼韵就是这张网的中心。这倒并非因为严家家世显赫，严幼韵貌美，而是在这个圈子里，严幼韵热情开朗、很会照顾朋友、处处周到友善，像个散发光芒的小太阳，这些特质在她以后的生活中也屡屡可见。

这些来来往往的朋友中，当然也不乏她的追求者。可严幼韵对伴侣的选择很有自己的主张。她曾说 ：“能让我心仪的男子，必须成熟、富有才华且兴趣相投，至于财富倒不重要。只要是嫁给心仪的人，我严幼韵甚至愿意出去工作，赚钱养家！”

母亲听完大惊，提醒她：“你的生活如此奢华，怎能不在乎钱呢？”那时人们以为，这不过是个从未经历过生活之苦的姑娘的天真之语。却未想到，许多年后，竟一语成谶。

后来，外交官杨光泩走入她的视线。与一般的世家子弟不同，杨光泩虽也出身富户，可他的父亲却不喜商务、不善治家，常年留学美国，花销巨大而自顾不暇。作为长子，杨光泩不得不早早就担起养家的重任。所以杨光泩身上，没有一般富家子弟的习气，而是勤勉努力、踏实担当，很会照顾家人 ；再加上作为外交官所特有的反应机敏、开朗睿智，以及仪表堂堂、举止翩翩……这都让他渐渐于人群中脱颖而出。且他追求严幼韵，可谓至真至诚，不仅处处观察入微，更事事独具匠心做到她的心里，由此，竟也慢慢俘获女神芳心。

事实证明，严幼韵选人的眼光着实不错。

1929 年，风华正茂的名媛嫁给了年轻有为的外交官。几个月后，因工作关系，杨光泩就任中国驻伦敦总领事及特派员，需常驻异国，严幼韵自然也跟了去，从此开始了外交官太太的优渥生活。

杨光泩细心细致、温柔体贴，尽力把一切都备至妥当。不忙的时候，他甚至把爱妻宠成女王，事无巨细地打理好，只要她开心。严幼韵自己也很会生活，她好客热情，在英国结交了一大群新朋友，又善于接受各种新事物，他们在伦敦的生活既光鲜体面，又郎情妾意、温情脉脉……

走到哪里，这都是羡煞旁人的一对。

3

然而，命运总是充满波澜。

1931 年，严子均在上海病逝，走的时候只有五十九岁，十分突然，严幼韵甚至都没来得及送他最后一程。严子均的猝然离世，让整个家族也陷入混乱，几个孩子为财产分割而闹得不可开交，曾经亲和富足的一家，忽然散了、垮了……然而，更令严幼韵痛苦的是：1942 年，丈夫杨光泩在菲律宾“失踪”。

当时杨光泩正受命担任中国驻马尼拉总领事。那一年，马尼拉被日军攻陷，日军抓走了包括杨光泩在内的七位中国外交官，此后音信全无……直到 1945 年太平洋战争结束，才确认他们当年就已被杀害。

当年严幼韵承担的痛苦和灾难，远比这更恐怖。

当时，他们已有三个女儿，大的十二岁，小的才四岁。因丈夫下落不明，而又经常有人告诉她哪里有她丈夫的踪迹，所以她只能选择留在硝烟弥漫的战乱环境，带着孩子继续等待丈夫的归来。

从养尊处优的阔太，到一夜之间撑起一家之重，已是艰难。

而更难的是，战火纷飞下，很多房子都被没收和查封，生活物资变得极度紧缺，领事馆的一众太太们骤然失去家庭支柱，日常生活无以为继，纷纷带着孩子和用人前来严幼韵处避难。

因为杨光泩的身份和地位，严幼韵自然被当成六七户落难人家的脊梁。

严幼韵觉得自己也有责任和义务，责无旁贷地敞开大门，在她的三层别墅里，六七户人家，临时组建了一个四十多人的大家庭。

许多年后，在一些传记里，曾这样记录她的这段生活：一代名媛命运骤变，她镇定接受着这一切。作为四十多号人的大家长，她带着他们自己动手，种菜做鞋、拾水挑柴，还在院子里养起了鸡和猪，又学会了做酱油、肥皂，严幼韵始终保持着乐观的心态，空闲时她常坐在钢琴前弹上一曲。

这段资料不假。但每读到这里，我总觉得有点恍惚，仿佛这些只不过是一个大浪袭来，将她们从生活的高点打落，而低点处，她们依然可以相互慰藉取暖，一切都还是美好、顺遂的样子。

然而，她究竟是如何化绝境苦难为一线美好的？

后来，年逾百岁的严幼韵在谈到马尼拉这段日子时，感慨地说：

"现在回过来看，当时的我们确实非常勇敢！尽管我们不知道自己的丈夫生死如何，非常担忧我们的孩子，我们自己的命运也完全无法确定，但我们直面生活、勇往直前。"或者，真正帮她从生活的阴暗处逐渐引入光明的，正是胸中的那点勇气。

一众妇孺的期待与哀怨，一片混乱的市区，到处都是哀号的伤者、惊慌的平民。嗜血的魔鬼随时可能冲进屋来，就像他们对杨光泩所做的那样……严幼韵很明白，此时除了迎头直面，还能怎样？

之后，事态越来越严峻。战争依然在持续，空中是大规模的轰炸，街巷是美军与日军的短兵相接，全城都陷入了饥荒，食物极度匮乏，水电都停止了供应，他们的生活也越发拮据，连洗澡都是几个人分批次用同一盆水……然而，他们终究是熬过来了。

1945年，太平洋战争结束，日军败退。

原来被誉为"东方明珠"的马尼拉已然被轰炸成一片废墟；原来繁盛的城市变成了一个"尸体收容所"，既有躺在地上的一具具死尸，也有骨瘦如柴的"活人干尸"。

在这片废墟里，严幼韵曾带着大大小小几十号人，穿梭于城市各个角落，躲避飞溅的弹片和扫射的子弹，利用身边所有可利用的资源，苦苦支撑着，竟然奇迹般地保全了大家庭几乎所有人的生命。

严幼韵自己也瘦削到不行，但她却戏称：我又重新回到了少女时代。

4

1942—1945 年，是严幼韵的一生里最凛冽的三年。然而，战争结束后，才是真实生活的开始。严幼韵没有选择回国，因为她明白：父亲已经不在，孤儿寡母地回去，不过是饱尝另一番寄人篱下的苦楚；她也没有选择再嫁，她更明白：以她的条件，再嫁或者不难，但要为她和三个女儿的家，再找个毫无芥蒂的男主人，却是难上加难。

于是，她选择前往美国，带着女儿们开始新生活。

考虑到今后的生计和女儿们的教育，四十岁的严幼韵，做了一件自己曾天真臆想过的事，找到了自己人生的第一份工作：联合国礼宾官。这份工作听着很高大上，但其实就是份普通的公务员工作：薪水一般，坐班制度严格，气氛严肃，工作不容有误。

朋友听说她要上班，开玩笑地说："你不能工作，那会要求每天九点准时上班的。"这句玩笑却成了她严格要求自己的动力，此后十余年的联合国生涯中，严幼韵从未迟到过。她的另一个同事说："曾经联合国的氛围很沉重，而自从严幼韵来了，竟然工作场合也常常充满了阳光、友善与活力。"冷峻的环境从来都不曾挫伤她，而她的磁场、亲和力，反倒可以把环境转化成自己喜欢的宜人样子。

工作第五年，她不仅独立为孩子们营造了优越的生活和学习环境，还拥有了可以在美国立足的工作、一处不错的公寓、一辆可以带着家人自由驰骋的二手汽车以及一栋消暑别墅。

有人说：严幼韵总是特别幸运。

但在我看来，她的幸运，就是凭着一股生活的韧劲，做自己能做的，不断散发着光和热。

5

1959年，五十四岁的严幼韵从联合国退休，三个女儿相继毕业、结婚。

她将她们的婚礼办得周到体面，而自己的生活却在如常的工作聚会外，又总觉得少点什么。

这个时候，另一个男人终于与她执手。

这个男人是曾被誉为“民国第一外交家”的顾维钧，说起来，他还曾是杨光泩的上司。

严幼韵万万没有想到，她居然在告别外交官夫人的头衔多年以后，会被冠以“联合国第一外交夫人”的称谓。

那一年，顾维钧七十一岁，严幼韵五十四岁。

在漂泊了大半生、一直辗转于世界各国任职之后，顾维钧这个工作狂开始有了卸甲归田、享受生活、安度晚年的心愿；而天性喜爱热闹的严幼韵，一直希望能有一个温暖的家，一个真正能让所有亲朋好友都常常欢乐团聚的大家庭。

严幼韵和顾维钧在一起后，他们的晚年生活，可谓是精彩纷呈、惊喜不断：一向铁面威严的高冷外交官，竟开始为自己的银发恋人写情书，开始玩滑雪、溜冰、游泳、晒日光浴，一起结伴周游各国、四处旅行；每一年顾维钧的生日，更是大家庭年年期待的。严幼韵总会精心策划不同的主题，两家儿女带着家人从世界各地回来团聚。在大家长的带领下，两个异姓家族关系十分融洽。

1985 年，顾维钧逝世。走时九十八岁，无病无灾，安静祥和。

短的是相聚，长的是别离。严幼韵与她的两任丈夫都如此。此后，她一个人又守着岁月过了三十二年。这三十二年里，她经历了白发人送黑发人，送走身边一个个至亲至爱，自己也患上了肠癌……所有人都以为这位耄耋老人恐怕要被一连串的厄运击垮时，没想到她又一次以积极向上的生命力给予厄运重重回击。

她照旧把日子过成她喜欢的温润、热闹。每一年她的生日，成了家族所有人的重大聚会。百岁生日那天，她穿着自己选的紫色旗袍，脚踏金色高跟鞋，眼影朱唇、青丝明媚……旁人见了，还以为这是位有活力的六十岁老者的寿辰。2017 年，严幼韵以一百一十二岁的高寿在纽约仙逝。不急不促，淡雅走完一生。

生命其实就是不断经历起承转合的过程。无忧无虑的童年、家庭的庇护、甜蜜的婚姻、靠谱的恋人，远不足以负担你这漫长的一生里所有的困顿、波澜。每个人其实都是在经历一次次的美好和困苦后逐渐成长，终是告别了对父母和其他人的倚靠，而渐渐学会担负起自己的人生。谁也不敢说，经历了那条幽暗、压抑的隧道，你一定会重见天光；但是人生一场，你其实不必把当下的苦厄看得那么重。真正内心强大的人，总会平心静气地消解一切波澜。

09

1908－1986

西蒙娜·德·波伏娃

Simone de Beauvoir

人们将女人关闭在厨房或者闺房内，却惊奇于她的视野有限；人们折断了她的翅膀，却哀叹她不会飞翔。但愿人们给她开放未来，她就再也不会被迫待在目前。

法国存在主义作家，女权运动的创始人之一，现代存在主义思潮的发起者之一。其最重要的作品《第二性》，被认为是女权运动的《圣经》。

风中的旗帜

文 / 涂涵钰

波伏娃在改变这个世界之前，首先激怒了他们。

她的代表作《第二性》1949 年刚刚出版的时候，立即被罗马教廷列为禁书，保守主义者批判它悖逆传统，破坏家庭的完整，波伏娃遭受了疯狂恶毒的攻击。由此波伏娃被当成“女性思想斗士”来看待，这部书也被想当然地定性为向男权社会宣战的檄文。但当你打开这本书，会发现波伏娃作为写作者，就像一个冷静的旁观者，她只是在罗列事实，陈述观点，尽可能地保持客观和理智，分析女人，谈及社会，用一种研讨科学的态度。“一部讲女人的书，竟然从单性生殖细胞讲起。”曾经有人这样感叹道。

之所以能对女性有如此独到又深刻的见解，是因为作为一个女人，波伏娃懂得欣赏自己。“俯瞰整个世界，她们备受人们的赞誉、诅咒和诋毁，一样崇高、神圣，一样凶残、卑鄙，她们是永恒的主题。”波伏娃这样形容女人，女人是永恒的主题，波伏娃对女性、对自己的珍视，是难能可贵的。

她是一位存在主义者，这个哲学名词使许多人感到陌生，存在主义最简单的定义是：以人为中心，尊重人的自由与个性，人在无意义的宇宙中生活，人的存在本身也无意义，但人可以在原有存在的基础上，自我塑造，自我成就，活得精彩，从而拥有意义。

除去思想和文字，波伏娃选择的生活更直观地向我们展示了一种与众不同的生活状态，以及一种完全独立的精神状态。人该如何生存，是她所有思想内容的基调，她知行合一，潇洒生活的同时，鼓励女人去面对、认知她们的处境，了解自我，谋求改变，找到存在的意义与价值。

无论是在思想上还是感情上，波伏娃都是一个独立的女人，而正是这样的独立，给了她对女性思考的空间，给了她纵观社会历史的视野，给了她与众不同的资本。正是这些不隶属，不依附，不恐惧，不妥协，塑造了波伏娃。

今天我们再回头看，看见了她是孤身站起来的，也孤身举起了旗帜，但这并不是凄美，也不是寂然，因为无论何时，勇于选择独立的存在，认清独立对于女人的价值，正是波伏娃为她所期待的女性进步要付出的努力。

1

1908年1月9日，波伏娃出生在法国巴黎一个传统的天主教家庭，她家境优渥，父母是传统守旧的天主教徒，对他们年幼女儿的期待与常人并无不同，期待她成为淑女，成为优秀的妻子。他们从来没有想过自己的女儿会终生未嫁，成为活跃在思想界的传奇女人，以存在主义女性思想留名至今。

童年时候的波伏娃跟在母亲的身边，乖巧，讨人喜欢，喜欢安静观察周围的一切。她的父亲是一名辩护律师，工作繁忙，各种交际应酬也应接不暇，他是个热爱戏剧的浪漫主义者，对这份用以养家糊口的体面工作并不满意。

而相反，波伏娃的母亲是个家庭主妇，她的世界狭小得多，却渴望更大的世界、更丰富的生活。社会分工使得女人必须留在家里，而男人则不得不努力工作，波伏娃从小就生活在这样的矛盾之中，其中的问题被人们习以为常地掩藏起来。

那时候母亲给她买来儿童读物，让她学习英语和钢琴，似乎她也并不想波伏娃做一个普通的女子。波伏娃看着母亲上教堂做礼拜，和丈夫朋友的妻子成为朋友，买蔬菜做饭，抚养子女，极少满足自己的需求，无法经济独立，还要忍受丈夫的出轨。全世界的女人都可以是波伏娃的母亲，而这样宿命般的重复并不能为这些女人带来快乐，她们是不自由的。从那时候波伏娃就知道，这并不是她以后想要过的生活。

第一次世界大战在几年后爆发，战火迅速蔓延到巴黎，作为律师的父亲，工作受到影响，全家的生活陷入了困顿和混乱之中，正处在少女时期的波伏娃常常看见父亲在阳台上悄悄叹气，深夜醉酒，和妻子争吵，家中笼罩着的阴郁的压抑氛围使波伏娃渐渐开始展露出她反叛的一面。家道中落，家庭破裂，她经历了不幸，但她没有犹豫徘徊，只是选择沿着自己的方向开始前进，从少女向女人过渡，她对自己的认知逐渐明确，对面临的现实困境也更加坦然了。

在离开家庭的时候，她没有受到父母的观念的绑缚，或是他们灌输的观念的桎梏，而是坚定地选择了自己的理想，做出了独立的选择，这是她人生走出的第一步，波伏娃决定继续读书学习，在学校期间，她遇见了她的灵魂伴侣。

在考去巴黎高等师范学院之后，她认识了让－保罗·萨特，从最初的对他智力的崇拜，到思想上的契合，萨特的复杂和成熟满足了波伏娃对另一半的全部想象。在一个夏季的清晨，萨特在一片青色的田野里等待着波伏娃，波伏娃背着父母去和萨特见面。年轻的肉体在田野中拥抱，思想尽情地碰撞，波伏娃看着萨特，夏季雾蒙蒙的午后，她突然有种被爱神之箭射中的感觉，他们就这样在一起了。

在他们此后的感情生活中，萨特和波伏娃与所有的情侣都不同，他们并没有限制对方，而是保留着各自的住房，不干涉对方的私生活，仅仅是陪伴彼此。他们坐在一起，喝酒抽烟，彻夜长谈自由；并肩而行，在巴黎的街头放声大笑；一起写作，波伏娃总是萨特的第一个读者。萨特完全尊重波伏娃，也乐于听取她的意见观点，他们的关系使波伏娃渐渐了解了所有女人都需要被平等对待，发声的权利是多么重要，渐渐意识到自己作为一个自诩思想进步的女性，应该为这个世界做点什么。

和萨特之间的这种感情给了她极大的自由，也给了她创作上更多的能量，她旺盛的生命力和对生活的好奇都被倾注到写作里面，这是只有萨特才能带给她的。在后来的作品中，波伏娃说道："终有一天女性能凭自己的力量而非弱点，产生爱慕之情。"一个想法在她的心中渐渐坚定：女人应该是独立的。

1931年，她和萨特的感情面临一个分叉路口，但他们没有选择迁就任何一方，都给了彼此选择自己想要的生活的自由，于是他们认真告别，各自坐上开往不同方向的列车，萨特去了勒阿弗尔，波伏娃前往马赛。

2

1948年的那天下午，波伏娃刚刚从美国度完假回巴黎，在花神咖啡馆点了杯咖啡，和往常一样坐在二楼窗边的位置。她把窗户推开，圣日尔曼街上的树郁郁葱葱的，她望着街上，环顾四周，这时候波伏娃想起原来和萨特相伴的日子，一切也恰巧是从这座咖啡馆里开始的。

他们相识于大学时期，在学校时，二人和一众朋友常常来这里喝咖啡，探讨问题，表达观点。她和萨特之间的“恋爱协议”也是在那段时间里确定下来的。他们约定双方除了自己还可以有其他爱人，但必须坦诚相告，没有婚姻的承诺，也免除性的约束。他们就这样相爱着，到那时已有二十年之久。

波伏娃上次离开巴黎之前和萨特约定了见面时间，按照他们的约定，晚些时候，萨特会从多罗莱斯那里过来。多罗莱斯是萨特多年前遇到的年轻记者，在他和波伏娃的开放式关系中，这个女人也占据着一席之地。但直到傍晚的时候萨特还是没有出现，波伏娃回到了她自己的公寓，在电话中萨特告诉她，多罗莱斯希望再多待一段日子，所以他们暂时无法见面。挂断电话，波伏娃坐在没开灯的公寓里，她想起了两个月前离开巴黎时的情景。

两个月前波伏娃计划去美国和她的恋人奥尔格林一起享受一段四个月的假期，萨特也计划着和多罗莱斯在巴黎碰面。看似他们在这段四角恋情中如鱼得水，但萨特担心多罗莱斯爽约，于是告诉波伏娃希望她两个月之后回巴黎。波伏娃答应下来，并如约在两个月后提前结束假期飞回了巴黎。显然这使得奥尔格林不太愉快，所以此时当波伏娃挂断萨特电话后找到他，提出回美国找他时，他却说别来了自己太忙，匆匆挂断了电话。

她给自己倒了杯酒，点起烟坐在床上望着窗外，和在美国热闹的晚上不一样，她突然静了下来，萨特的爽约和奥尔格林的拒绝使她突然有了疑问：和萨特相恋的关系之中，为什么她总是处于被动的位置？这个疑问让她产生了思考，她掐灭了烟，眉头却依旧紧锁着。

那时候她已经是出版了许多小说的知名作者了，但在存在主义大师萨特的身边，她总像鲜艳的花朵被别在萨特的胸前一样。提起萨特，人们总难以避免地提起她，称她为“萨特的女人”，在不知不觉间她被贴上了这样的标签，她想起自己十九岁时发表的属于她的“独立宣言”，那时候她说道：“我绝不让我的生命屈从于他人的意志。”

人们总把萨特的名字放在她的前面，哪怕是要介绍她的时候，关于她本人的情况也被一笔带过。人们那时候大概还不能了解波伏娃，因为她的思想著作《第二性》尚未诞生，她独特，却不够醒目，作为一个敏锐能干的女人，她无法被人们了解，她的思想难以传递，这对于波伏娃是巨大的不幸。人们谈起她时就只会谈风月，谈情事，这是许多女人都遭遇过的不幸，但波伏娃不同，她如此鲜活而独立，不只是一个名字，一段罗曼史的主角，她是作为一个饱满健全的人存在的。

与萨特，与加缪，与庞蒂，她和身边思想卓越的男人为伴，但波伏娃并不是随波逐流的，而是参与者、交流者，她不将自己的思想依附于任何人，她是永远拥有独立思维的人，所以即使在大师身边，也不会失去她的颜色，她以此为自己获得了与他们同行的资格，与她是不是一个女人毫无关系。

在巴黎的街头、马赛的小巷、芝加哥的花园，她是穿着长裙的倩影、花丛中的海狸，是捧着奖杯的作家，是灵魂伴侣、挚爱情人、先锋斗士，也常常单纯是一个女人。她的形象是如此真实，和每一个存在过的人一样，并不是遥远的雕塑、单薄的白描。她多面复杂，甚至有些不可理解的矛盾之处，但作为一个哲学家，波伏娃从没有迷失过对自我的认知，这是非常可贵的。哲学思想是无尽的，人的实践与生活却是有尽的，她明白自己想要成为怎样的人，并努力使之成为现实，把握最重要不可丢失的东西即可，任由命运的狂风吹散其他。诚然，生活的戏剧性和不确定，会使这个背影潇洒的女人，偶尔展露措手不及的一面，但她从不抗拒它们的发生，甚至对这样的自己感到亲切，她依旧抱着改变世界的雄心，努力地生活着。

她登过高峰，游历过他乡，也独自走过平原和森林。波伏娃常常一个人出城远足，穿着舒适的平底鞋和服饰，像男人一样独自冒险，她爱在独行中思考，沉默不语，灵魂闪闪发光。她也喜爱在雨天独自漫步城市，解构巴黎，总能找到藏污纳垢之处，找到鲜血淋漓之处，她接近生活的本身，这满足了她对世界的无限好奇。

这时于巴黎午夜中独坐的波伏娃想起了那次在萨特公寓里两人各自写作的午后，通常情况下，那种时刻他们会保持沉默，互不打扰，但她记得那一天，是因为那天萨特说了一句话，他说："如果你是男的，你的成长经历就跟现在完全不一样，你应该进一步分析这个问题。"

波伏娃想到这里时侧着头会心一笑，就在这个午夜，这一句几年前的对话，在空荡的房间里变得振聋发聩，使波伏娃不得不直视这一切。

男人认为自己是文明的参照物，是城市，是财富，甚至是战争。文明同时也在女人的身上发生着，但女人却沦为了文明之产物，从属于男人似乎成了一种规律。这样的差别迫使波伏娃不得不选择当一个勇敢的女人，她有敏锐的头脑、丰富的见识、独立的思维，她肯定自身存在的价值，这使波伏娃变得无比坚定，这一切给了她凝望这个深渊的勇气。

提到波伏娃，我们会想到萨特，想到女性思想运动，想到开放式关系，想到情意绵绵的书信。但要说到她的非凡之处，除去她敢于“战斗”的勇气和大胆的情感观念之外，还在于波伏娃能由表象出发，借由她在生活中的成长，彻底打开了视野，看到了更复杂、更深层的，纠集着社会、历史、时代的种种问题对女性的影响。由点及面，有条不紊地，她举着火把走出了山洞，她将女人重新定义，在战后民众的精神迷茫中站了起来，为此后女性思想的成长争得了一席之地。

这一切成为令她真正扬名立万的著作《第二性》的发端，《第二性》不是一部冰冷的著作，它与波伏娃鲜活的现实经历有关，与她的哲学研究也有关，甚至因缘际会，她变化莫测的命运也参与其中。可以这样说，她即是“第二性”。

那时候她说出了那句最著名的话：“女人不是天生的，而宁可说是逐渐形成的。”那么波伏娃是怎样变成波伏娃的？现实的地位，童年的遭遇，过去的经历，最终将在女人身上形成一种注定，她是身兼使命的人吗？还是因为她能寻找到自己的“存在”？

3

波伏娃最终真正做到了当一个独立的女人，她不害怕一个人，不害怕陌生或是冒险，也不害怕直面自己的思想，修筑城堡铸造城墙的过程中，她知道自己是什么样的人，这份独立给她的人生增添了更多的可能。

诚然，她和萨特之间或许有遗憾，她和《第二性》之间或许有遗憾，毕竟生命之中难免会留下遗憾，但即使她没有结婚生育，她却完完全全体会到了该怎样做一个女人。

所以她能如此深刻地剖析女人，理解女人，因为她就是其中一员，就站在我们之中。

“人们将女人关闭在厨房或者闺房内，却惊奇于她的视野有限；人们折断了她的翅膀，却哀叹她不会飞翔。但愿人们给她开放未来，她就再也不会被迫待在目前。”波伏娃这样对她的读者讲，她望着未来这样许愿，期待所有女人可以向未来走去。而我们望着手握火炬的波伏娃的背影，也在望着未来，似乎我们也更勇敢了一点。

10

1911－1942

萧红

Xiao Hong

我不能决定怎么生，怎么死，
但我能决定怎么爱，怎么活。

作家，民国四大才女之一，被誉为“20世纪30年代的文学洛神”。

身处黑暗，心向光明

文 / 郑嘉期

“人生太短，故事太长。你不要回眸，不懂你的为你忧愁，明白你的叹此生值得一游。”沧桑的歌声从远方飘来，一个女子独立于喧哗的世间，一个人自由地笑自在地哭。

在许鞍华执导的电影《黄金时代》里，一个坚定的背影渐行渐远，不管是在电影里、在歌声里，还是在生活里，她拥有自由的一生。

她生活在黑暗中，心却向往着光明，用尽一生追逐爱与希望。

她就是萧红。

1

“严冬一封锁了大地的时候，则大地满地裂着口。从南到北，从东到西，几尺长的，一丈长的，还有好几丈长的，它们毫无方向地，便随时随地，只要严冬一到，大地就裂开口了。严寒把大地冻裂了。”

呼兰这座小城，冬天很冷，天空是灰色的，大地被冻裂了，长夜漫漫。在萧红的印象里，她的童年和呼兰的冬天一样寒冷，那时的她依靠着祖父取暖，度过每一天。

1911年6月1日，萧红出生于黑龙江呼兰城的一个地主家庭，父母亲重男轻女，对待萧红冷漠又无情，后来母亲在她八岁时去世，父亲续了弦，继母对她更为冷淡。

萧红在这个家里像个多余的人，得不到关心和疼爱。所幸在她孤独又黑暗的童年里，祖父是一束光，照耀她、温暖她、保护她。

在祖父的宠爱下，她渐渐长大。九岁的萧红进了龙王庙小学女生部读一年级，她热爱学习，成绩名列前茅，对文字非常敏感，多次被老师夸奖作文写得好。只读到小学毕业，父亲便不让她继续上初中，她与父亲整整抗争了三年，终于在十六岁去上了初中。

也许从那时起，萧红开始明白不屈服命运才能得到自己想要的。在学校里，萧红接受新思潮的洗礼，读她想读的书，文学的种子在她心里发芽，她经常在学校报刊上发表文章，受到老师和同学的肯定，她的文学天赋崭露头角。

不久后，哈尔滨市学生维持路权联合会发起“反日护路”游行示威活动，这个安静的女孩毅然参加了学生游行，在激昂的感召中，她突然意识到她不仅属于自己，还是属于整个群体、属于整个世界的，虽然这次运动以失败告终，但她的思想在悄然中发生了巨大的变化。

“呼兰河这小城里边，以前住着我的祖父，现在埋着我的祖父。”

她十八岁时，祖父去世了，她的世界里唯一的光熄灭了，重新陷入了黑暗。而信奉“女子无才便是德”的父亲想让萧红放弃学业嫁给纨绔子弟汪恩甲，她决定逃婚去北平读高中。

接受过新知识熏陶的萧红，想把命运掌握在自己的手上，而不是成为案板上的鱼肉，任人宰割。

对这个家，她没有一丝眷恋。

双子座的萧红追逐自由，敢于挑战新事物，她毫不犹豫逃离了那个一成不变的小城，从此以后，她一直与这个世界抢夺自由。

在当时，女人逃婚是一件大逆不道的事情，这是萧红踏出旧世界、迈进新世界的第一步，这一步或多或少暗示了她未来的坎坷。

她不在乎世人的眼光，只想继续完成学业，飞向更广阔的天空。

萧红是一位传奇的女性，她一生的经历多次被搬上银幕，人人津津乐道于她的感情经历，却忽略了她创造的文学世界，这未尝不是一种悲哀。她用一生去追逐自由，渴望爱与温暖，说流浪就流浪，爱就勇敢爱，不爱就放下，喜欢折腾，她因这潇洒与勇敢受到现在文艺青年们的追捧，成为新时代的文艺女神。但世人眼前的萧红是加了滤镜开了美颜的萧红，当去掉一切美好的想象，她暴露在世人面前的只有无尽的苦难，读懂这些，你才能了解那个不屈的灵魂。

漂泊的一生，她尝遍人生疾苦，怀着悲悯的情怀，打造了一个文字世界。她关注社会底层人民，揭露那些掩藏在缝隙角落的黑暗，但笔下却没有流露出冷漠与绝情，点滴温情镶嵌在字里行间，给人希望与温暖。

2

“晚来偏无事，坐看天边红，红照伊人处，我思伊人心。伊人何所在，有如天上虹。”

滚滚红尘，来往无数过客，来也匆匆，去也匆匆，但你总会遇到影响你一生的那个人。

月华如练，洒在窗前，一个怀孕的女子躺在床上，四肢瘦弱，脸上写满了忧愁，泪水顺着眼角滑落，她刚刚得知自己生完孩子后就要被旅店老板卖到妓院。她不知道该怎么办。心向往着自由，身却被困在这小小的一方天地里。她的目光扫到桌子上的一张报纸，心意顿时明朗起来，她决定给哈尔滨《国际协报》副刊写一封求助信。

这一线希望像寒风中的烛光，无比微弱，随时可能会熄灭。

她赌了一把，赌上了自己和肚子里的孩子，赌上了往后的余生。

“去年的五月，正是我在北平吃青杏的时节，今年的五月，我生活的痛苦真是有如青杏般的滋味。”

萧军本是来看望她的，但看到萧红写的诗，他停下了脚步，和她聊了很久很久，似故人相见，相谈甚欢，萧军感受着自己扑通扑通的心跳，知道自己是彻彻底底爱上了眼前这个女人。

萧军像一道光，让身处黑暗的萧红看到了爱与希望，她贪恋萧军给予的温暖。

他们在一起后，萧红结交了东北文坛的许多作家，内心对文学更加渴望，遂拿起手中的笔，写下一个又一个震撼人心的故事，留下对这个世界的思考与理解，在此后的充满变故并颠沛流离的日子里，她一直没有放弃写作。

她以“悄吟”为笔名发表了第一篇小说《弃儿》，写的是她怎样生下她与汪恩甲的女儿：“孩子生下来哭了五天，躺在冰凉的板桌上，涨水后的蚊虫成群成片地从气窗挤进来，在小孩的脸上爬行。”

后来女婴被送给别人抚养了。萧红为什么不要这个孩子？

难道是她心中怀着对汪恩甲的怨恨，连带恨这个刚刚出生的小生命？

还是她从小没有感受到母亲的疼爱，害怕自己承担不起母亲的责任？

还是他们太穷，抚养不起这个女婴？

伊人已逝，往事随风。

不过，穷困倒是真真实实笼罩了萧红一生，在她的作品里，字里行间不时就会出现贫穷、饥饿、寒冷、死亡等过于悲惨的字眼，让人于心不忍。

萧红和萧军经常一天就分食一个俄罗斯黑列巴，蘸着盐巴就着清水吃。没有食物的时候，她和萧军就饿着肚子，躺在床上，谈论文学，谈天说地，什么都聊。

艰苦的日子里，有情饮水饱，萧红的精神是满足的，她手中的笔也是快活的。有时候，萧军拿到了稿费，他们就奢侈一下，到小饭馆要一份丸子汤、两个馒头，丸子汤里的丸子，你分几个，我分几个。

《国际协报》举办了“新年征文”活动，萧红写了一篇短篇小说《王阿嫂的死》，塑造了几个卑微的女性人物：小环的母亲被地主之子强奸之后被活活气死；王阿嫂痛失丈夫，惨遭地主压迫，最后难产而死。这篇文章轰动了哈尔滨文坛。她后来的作品也多是写身边的人和事，关注生命，关注被生活这张网困住的人，为女性的悲惨命运发出呼声。只用了一年左右的时间，哈尔滨几家报刊已经发表了萧红的多篇文章。

两个相爱的人共同为了热爱的事业奋斗，无疑是世界上最美好的事。萧红和萧军合著的小说散文集《跋涉》一经出版大受好评，引起了读者的广泛关注。

两个人相互加油，在文学的道路上彼此扶持，萧红开始写小说《生死场》，而萧军当时也在写《八月的乡村》，这段时间是萧红生命中最幸福的时刻。

幸福像春天的花儿一样，一朵接着一朵绽放。

二十四岁的萧红遇见了生命中的伯乐——鲁迅，在鲁迅的帮助与扶持下，她发表了名噪一时的《生死场》，萧军发表了《八月的乡村》。

鲁迅为萧红的《生死场》作序：“北方人民对于生的坚强，对于死的挣扎却往往已经力透纸背；女性作品的细致的观察和越轨的笔致，又增加了不少明丽和新鲜。”胡风为其写了后记：“看到了女性的纤细的感觉，也看到了非女性的雄迈的胸境。”

萧红的文字里浸透着时代的苦涩，她的作品一出版即登上巅峰。本是默默无闻的她，一出道就有两位文学大家的倾情推荐，名家效应的光环下，她成为当时文坛上最耀眼的存在。

爱情与事业双丰收，这幸福来得突然，走得也突兀。萧红和萧军渐渐在生活与创作上见解不同，不能再容忍对方的缺点了，而且缝隙越来越大，从一条细缝慢慢变成鸿沟。爱意被时间一点点消磨，生活只剩下一地鸡毛，萧军爱上了别人。

他们的爱情，幸或不幸，如人饮水，冷暖自知。

“爱便爱，不爱便丢开”，一路走一路看风景的萧军，爱的时候对方就像窗前的白月光，把她宠上了天；不爱的时候就如墙上的一抹蚊子血，他只嫌弃地别过眼睛。

婚姻这门课程，他们还没有认真学习完，就草草结业了。

人生的洪流中，她曾站在那里，怀着忐忑不安且羞涩的心情奔向萧军，而现在，她决然对他说了再见。

“三郎，我们分手吧。”萧红怀着萧军的孩子，离他而去。

爱情里面没有谁对谁错，只有爱与不爱。

鲁迅曾邀请萧军和萧红去家里做客，鲁迅更肯定萧红的文学成就，有些大男子主义思想的萧军就再也不去鲁迅家了。

有人说，萧红的光芒过于强大，让站在她身边的男人黯然失色。在中国的传统观念之中，男权社会下，若女性一方强于男性一方，让男方自惭形秽，这样的爱情往往不会长久。

爱情只是一颗心与另一颗心之间的碰撞，那些附加因素仅仅是锦上添花而已，不爱就是不爱了，没有什么借口可言。很多事业有成的女性与跟自己差距比较大的男性结合，依然过得甜甜蜜蜜，悠然自得。

这场爱情一开始就是不对等的，萧军救了萧红，萧红深深感动，她的眼里心里都是他，她想依靠着萧军的肩膀，静静地看着他写作，就这样平平淡淡过一生。

萧红追逐自由，想把握爱情主动权，却在婚姻中迷失了自己。最好的爱情是相互成全，共同成长，而不是一味地依附对方。活出自己才是王道。

3

“是山么，是山你就高高的；是河么，是河你就长长的。”

那个漂泊的年代里，一个女子历经沧桑，看透一切，记录成册，一字一句，极尽悲凉。

往事如流水，时光又无情。

在萧红生命的最后十年里，她的文学灵感极其旺盛，像杂草一样疯长，短短的日子里，写下了一百多万字，其中《生死场》《呼兰河传》是她所有作品中价值最高的两部。

鲁迅说她："是当今中国最有前途的女作家，很可能成为丁玲的后继者，而且她接替丁玲的时间，要比丁玲接替冰心的时间早得多。"

在日本，萧红给萧军写信说："自由和舒适，平静和安闲，经济一点也不压迫，这真是黄金时代，是在笼子里过的。"

她的黄金时代来临了，不再饥寒交迫，不会为了温饱而发愁，爱情上的痛苦让她更加全情地投入写作之中，爱情并不是她的全部，此时醒悟，为时不晚。

一个个不眠的夜里，她用文字对抗孤独。在文字的国度里，她像一个王，调兵遣将，打下江山，保卫城池。

得知鲁迅去世的消息，萧红给萧军写了一封信，说道："其实一个人的死是必然的，但知道那道理是道理，情感上就是不行。"后来，萧红写了一篇文章《回忆鲁迅先生》，怀念之情跃然纸上。

萧军教她写作，而鲁迅教她认识到文学的世界有多辽阔。

"女性的天空是低的，羽翼是稀薄的，而身边的累赘又是笨重的！"

萧红笔下的女性人物让人心疼，不知她写这些女子时，是不是想过如果当初自己没有逃离家乡，没有反抗，此刻她会不会也是她们中的一员。

萧红把自己的情感遭遇融入文学创作之中，关注东北底层女性的命运，用文字描绘出了一个真实残酷却又温暖的世界。

1942 年 1 月 22 日，萧红因患肺结核，躺在医院的病床上，被庸医误诊切开了喉咙，她静静地等待着死神的到来。她就这样离开了这个苦难的世界，结束了颠沛流离的一生。她的一生，亲情的缺失让她格外渴望温暖，陷入泥潭也依然心存爱与希望。生命的锤子锤不倒她，她是那个时代最特立独行的存在。

“我一生最大的痛苦和不幸，都是因为我是一个女人。”在那个女性无法主宰自己命运的年代里，萧红用一生去追逐自由，实在难能可贵。

临去世前，她写下一句话：“我将与长天碧水共处，留得半部‘红楼’给别人写了——半生尽遭白眼冷遇，身先死，不甘！不甘！”

总有人喜欢拿张爱玲和萧红对比，同样是才华横溢的民国女作家，幼年缺爱，年少成名，内心极度渴望温暖，成年后又各自在人生旅途中受了伤，将对人世间的思考融进笔墨里，字字珠玑。

张爱玲长了一颗“玲珑剔透心”，受了伤，便会紧紧包裹自己，浑身长满刺，贴着“生人勿近”的标签，过于精明而不可爱。萧红生性纯良，任性偏执，行为举止天马行空，她毫无保留捧出真心待人，伸出双臂想得到一个温暖的拥抱。

她满怀希冀，渴望温暖，向前奔跑，哪怕不止一次受伤，哪怕不停地摔倒，依然爬起来，擦干眼泪，拍拍身上的尘土，对过往的苦难只字不提，痛快地笑，痛快地哭。

人生太短，故事太长。

萧红仅仅活了三十一年，短暂而绚烂的一生，如烟花般耀眼，继而飞速消逝，让人无限惋惜。

从童年开始，她反抗愚昧，要求读书，接受新民主主义思想，反对封建包办婚姻并打官司，发表文章讽刺现实社会，她一直是个时代的先锋。

“满天星光，满屋月亮，人生何如，为什么这么悲凉？”

世人感慨萧红颠沛流离，红颜薄命，如果人生可以重来，当初她嫁给汪恩甲，做一个平凡的女性，是否可以安安稳稳过一辈子呢？可是人生没有回头路，也买不到后悔药，谁也回不到过去，谁也不能替别人的人生做决定。

她若嫁给汪恩甲，断然不会写出《生死场》《呼兰河传》等作品，文坛上就少了一颗耀眼的明珠，世上就少了一个思想独立的时代先锋。

站在人生的十字路口，谁也不知道下一步会走向哪里，你只管勇敢地走下去，该来就来，该去就去。

人生的尽头，她缓缓闭上眼睛，仿佛回到了那座小城，微风轻轻地吹拂，小萧红唱着歌谣，牵着祖父的手，走过一条街道，又穿过一条巷道，在呼兰河的清澈河水里嬉戏。

“祖父戴一个大草帽，我戴一个小草帽。祖父栽花，我就栽花；祖父拔草，我就拔草。”

那些温暖而明媚的爱，让她一生怀念。

她一生都在逃离呼兰，逃离那个家，而现在，呼兰是一座她永远回不去的城。

11

1911 — 2016

杨绛

Yang Jiang

世界是自己的，与他人毫无关系。

作家、文学翻译家和外国文学研究家。通晓英语、法语、西班牙语，由她翻译的《堂吉诃德》被公认为优秀的翻译佳作。代表作品有《我们仨》《洗澡》等。

世界是自己的

文 / 安梳颜

她虽出生于乱世，却自始至终都怀有一颗与世无争的心。

她是一代才女，出身名门，学贯中西，精通多国语言，却也能甘做灶下婢，洗衣炒菜做家务，样样手到擒来。

她一生波澜起伏，经历无数风雨坎坷，外辱内乱、颠沛流离、亲人离散，却依然温厚平和，明媚从容，淡定优雅。

有许多人钟情于她，但她一生只爱过一个人，一辈子都站在爱人身后，拥有最幸福美满的婚姻、最可爱懂事的女儿，活成了所有人都羡慕的样子。

有人赞她是著名作家，她说："我没这份野心。"

有人说她的作品畅销，她说："那只是太阳晒在狗尾巴尖上的短暂。"

有人向她恳求墨宝，她说："我的字只配写大字报。"

有人请她出国访问，她说："我和锺书好像老红木家具，搬一搬就要散架了。"

她就是杨绛先生，她一生最大的渴望就是被人们忘记，她只想安安静静地创作、学习，以自己喜欢的方式去生活。

2016年5月25日，杨绛走完了她的百年人生，安静，圆满，豁达，乐观，就像她曾经翻译的那首诗：

我和谁都不争，和谁争我都不屑；
我爱大自然，其次是艺术；
我双手烤着生命之火取暖；
火萎了，我也准备走了。

杨绛把她的一生，活成了一个典范。杨绛，是中国最后一位被尊称为“先生”的女性。

1

杨绛出生的时候，家里已经有了三个孩子，但她依然是所有人的心肝宝贝。父亲杨荫杭为她取名杨季康，家里人都叫她阿季。而杨绛是她的笔名，取自季康的吞音。

她的父亲杨荫杭喜欢吃冰激凌，杨绛出生的那天，父亲兴致勃勃地做了一大桶冰激凌，还给杨绛的小嘴唇上抹了一点。杨绛的小嘴巴被冻得发紫，却依然“吧唧吧唧”地吃着冰激凌，一副娇憨的可爱模样。

孩提时代的杨绛，和父母一起住在北平的东城，那时候的房东是满族人，杨绛因此见识了梳“板板头”、穿旗袍、着高底鞋的满族妇女。

满族妇女的鞋不像我们现在的那种高跟鞋，而是高跟位于鞋底正中，俗称“高底鞋”，或依其形状称“花盆底”鞋。满族女子穿上这种鞋，不仅身高陡增好多，而且走起路来前倾后仰，婀娜多姿。

父亲有一次问四岁的杨绛：“你长大了要不要穿这种高底鞋？”

杨绛认真思索了一会儿，答：“要！”

杨绛九岁的时候，有机会去当时很有名的上海启明女校读书，但父亲觉得杨绛年纪还小，不忍心放她一个人去外地求学。杨绛的母亲唐须嫈更是放心不下让这么小的杨绛独自出远门。

最终，他们把决定权交到了年仅九岁的杨绛手上。而杨绛也坚定地回答：“我要去。”

喜欢就是喜欢，想穿高底鞋就是想穿，想要念书就大声地说“要去”，小小年纪的杨绛，已经显露出了一种率真坦诚的性格魅力。

家里无论是父亲、母亲，还是姑姑，所有人都把杨绛捧在手心里宠，但杨绛却从未活成娇小姐。

到了启明女校，杨绛要学习的第一件事情就是生活自理，自己的事情自己做，洗衣服、铺床、打扫卫生，杨绛是样样精通。

除了独立生活能力，杨绛还学会了坚持自我，学会了克制。那时候小孩子们常常因为吵架而分帮派，并询问其他孩子帮哪一伙，“聪明”的同学会选择两边都帮，不得罪任何一方。而杨绛固执地选择“都不帮”，并坚信自己没错。

十六岁时，杨绛被学校推选到街上做宣传，但她并不想参加，原因是街上的轻薄人会欺负女孩子。第二天，杨绛坚持对学校说“我不去”，因为她对政治并不感兴趣。

读什么书，去哪个学校，做什么事情，和谁一起玩，玩什么……这种种抉择，杨绛都是自己做的决定。

在时光的那头，我们依旧可以看到瘦瘦小小的杨绛，目光坚定，一副小大人的模样。即使出身名门，从小就被所有人宠爱，可她依然养成了独当一面、坚持主见的性格。

2

杨绛考入清华后，校园里有很多关于她的绯闻，钱锺书这样的大才子更是有无数的爱慕者。

但他们第一次见面，钱锺书就说：“我没有订婚。”杨绛答：“我也没有男朋友。”

这世上最幸运的事情，大概就是我喜欢的人也喜欢我。杨绛和钱锺书，恰恰如此。

在外人看来，钱锺书的眉眼是桀骜不驯的，但在杨绛眼里却是“蔚然而深秀”。这可能就是情人眼里出西施，或许就算其他人看钱锺书是个丑八怪，杨绛还是会对他一见钟情。

而在杨绛面前，骄傲的大才子竟也从“熊孩子”变成一个乖小孩儿。以前，钱锺书总嫌弃天下人都没他聪明，如今却忙不迭地找杨绛一起看书做功课。

因为身处异地不能相见，钱锺书就天天给杨绛写信以解相思，还把落款写成“奏章”，说是“禀明圣上”……

就这样，这两个人靠着书信谈了三年恋爱，最后顺利走进婚姻殿堂。当然，没有谁的婚姻生活不是一地鸡毛，但杨绛的大智慧却让人敬佩，正因为杨绛懂得看到对方的好，所以他们才能把日子过成别人羡慕的样子。

钱锺书是出了名的生活白痴，这样的男人特别需要人操心，不少妻子会喋喋不休地抱怨。但杨绛却从未批评过他，反而觉得他笨拙得可爱，一团痴气。

钱锺书常自叹“拙手笨脚”，杨绛知道，钱锺书没有方向感，分不清东南西北，穿鞋不分左右，鞋带总是系死，筷子也用不好。钱锺书初到牛津，就摔了一跤，吻了牛津的地，磕掉大半个门牙。钱锺书居然不去医院，用手帕捂着嘴往家里跑，找杨绛帮忙。

杨绛天天做饭，有一天开玩笑说，要是可以不吃该有多好。不料钱锺书居然信以为真，专门去找道家的辟谷之方。

钱锺书虽然笨手笨脚，但对杨绛的爱一点都不少。结婚以后，他依然常常给杨绛写缠绵悱恻的情书。

杨绛还在睡觉时，拙手笨脚的钱锺书爬起来大显身手，他一个人做好了早餐，用一只床上用餐的小桌，把早餐端到了杨绛的床前。钱锺书煮了“五分钟蛋”，烤了面包，煮了又浓又香的牛奶，还准备了黄油、果酱、蜂蜜。

杨绛说，那是她这辈子吃过的最香的早饭。

发现杨绛怀孕后，钱锺书特别激动，一次次念叨 ：“我不要儿子，我要女儿——只要一个，像你的。”

有段时间，杨绛为家务忙得晕头转向，钱锺书见了，十分心疼。他常常躲到卫生间里，把门关上，自己悄悄洗衣服。尽管洗不干净，很多时候杨绛都要重洗，但钱锺书的心意，杨绛不会不懂。

杨绛生孩子那段时间，钱锺书一个人过日子，每天到医院探望，常苦着脸说：“我做坏事了。”他打翻了墨水瓶，把房东家的桌布染了。杨绛说 ：“不要紧，我会洗。”他就放心回去。然后他又做坏事了，把台灯砸了。杨绛问明是怎样的灯，然后说 ：“不要紧，我会修。”他又放心回去……杨绛说“不要紧”，钱锺书真的就放心了，因为他很相信杨绛说的“不要紧”。当然，杨绛回公寓后，真的全部都修好了。

文化圈的人都说钱锺书有“誉妻癖”，钱锺书赞美妻子主要集中在三件事 ：

第一，杨绛写的剧本《称心如意》上演，使她一夜成名，她却和平时一样烧饭、洗衣。

第二，面对日本人的搜查，杨绛佯装倒茶，上楼迅速藏好钱锺书的《谈艺录》手稿，宪兵司令部要传唤杨绛，她前一晚却依然睡得很香。

第三，一次家中煤油着火，杨绛身手矫捷，制止一场大祸。

单单这三件事，就可以看出杨绛的婚姻智慧。但最重要的是，钱锺书也懂得杨绛的好。

“每个人都很孤独。在我们的一生中，遇到爱、遇到性，都不稀罕，稀罕的是遇到了解。”杨绛和钱锺书，就是彼此了解，彼此懂得，彼此珍惜。他们就是彼此眼中那个对的人，一眼万年，一生无悔。

3

小时候，杨绛爱读书。她从小就知道从书籍中汲取成长的养分。父亲问这个小书虫：“三天不让你看书，你会怎么样？”她说：“不好过。”父亲又问：“一个星期不让你看呢？”她回答：“一个星期都白活了。”

杨绛受邀创作的戏剧《称心如意》在1943年的春天公演，一经推出便场场爆满、一票难求，随后她创作的三个戏剧《弄假成真》《游戏人间》《风絮》，也都是喝彩连连的作品，甚至至今仍在演出。

在上海戏剧界，“杨绛创作”成为一个金字招牌，即便如此，杨绛也从未停止过思考和写作。

除此之外，在翻译界，杨绛为了翻译好《堂吉诃德》，去找了五种英法文译本细细对比，觉得五种译本各有所长和欠缺，均不足以代表原作。

想要忠实原作，必须从原文翻译。因此，她在四十八岁“高龄”毅然决定再学习一门新的语言：西班牙语。然后，杨绛从零基础自学西班牙语，每日自学，从不间断。

1978年，杨绛翻译的《堂吉诃德》终于出版了，西班牙王室来访，这本书作为礼物被赠予王室。1986年10月，西班牙国王颁给杨绛“智慧国王阿方索十世十字勋章”。

在文学界，杨绛从在清华念书时被老师朱自清推荐发表文章算起，一生与文字打了八十多年的交道，她真正可以称得上是世纪文豪：杨绛创作了小说《洗澡》《洗澡之后》，小说集《倒影集》，散文集《我们仨》《干校六记》《走在人生的边上——自问自答》……

杨绛一生从未停止过读书和学习，就像她自己所说：“有些人之所以不断成长，就绝对是有一种坚持下去的力量。好读书，肯下功夫，不仅读，还做笔记。人要成长，必有原因，背后的努力与积累一定数倍于普通人。所以，关键还在于自己。”

女人的成长比成功更重要，而杨绛这一辈子都从未停止过成长。

从出生到去世，她跨越了一个多世纪，一百零五年的岁月，她坚强、坦然地走了过来。在这个过程中，她一直在努力精进，提升自己。

有人说女人的黄金时期在二十多岁，然后就开始走下坡路。而杨绛的一生证明：只要你不停止学习，哪怕到了九十岁，依然可以是黄金期。

九十二岁那年，杨绛写出了《我们仨》。一百岁的时候，杨绛被查出患有心衰，但她依旧乐观豁达，每天读书写作从不间断，晚上一点半才去睡觉。

她是才情纵横的文士，是世事洞明的哲人；她是“最贤的妻，最才的女”。她把自己和钱锺书的全部稿酬捐赠给清华大学，并且设立了“好读书”奖学金；她曾说，我的“向上之气”来自信仰，对文化的信仰，对人性的信赖。

杨绛这一辈子都是成功的：作为女人，杨绛有一个幸福的家，有爱她的丈夫，有懂事的孩子；作为文人，她不受束缚地专注在自己喜欢的事情上，写出让无数人喜欢的作品。

她从来没有追求过世俗中的名利富贵，她和钱锺书大半辈子都在“坐冷板凳”，但她自认有一个温暖的、充满欢声笑语的家就够了。她淡定、从容、优雅，一步一步勇敢坚定地走向自己想要的人生。

12

1920－1995

张爱玲

Zhang Ailing

完美的女人比完美的男人更完美。

作家，一生创作大量文学作品，包括小说、散文、电影剧本及文学论著，她的书信也被人们作为著作的一部分加以研究。

爱情不在了，至少还有尊严

文 / 慕容素衣

“雨声潺潺，像住在溪边。宁愿天天下雨，以为你是因为下雨不来。”

很难想象，这么缠绵悱恻的情话，竟然出自性格清冷的张爱玲笔下。但这让她日日相思的人，不是众所周知的胡兰成，而是鲜为人知的桑弧。爱一个人到了极致就是如此吧，只有体谅，没有怨怼，连苦等不来的借口，也替对方想好了。

这位小资们的祖师奶奶，以心高气傲闻名，在一张广为流传的照片中，她一袭绿色旗袍，头高高昂起，眼神中满是睥睨众生的派头，仿佛俗世男子没一个入得了她的法眼。

如此高傲的女子，很难对谁动心，一旦动了心，就会变得很低很低，低到尘埃里去了。旁人见了替她不值，她自己倒不觉得，反而满心欢喜，在尘埃里也会开出花来。

之前，对胡兰成是如此；之后，对桑弧更是如此。

1

胡兰成和张爱玲的故事，早就为大众所熟知了。这只是一个俗套的故事，一位高傲的才女，喜欢上了一个风流浪子，最后被辜负了。但因为胡兰成和张爱玲的身份，这个故事变得引人注目。

他和她，确实是有过一段静好的岁月。还未见面时，他在杂志上读了她一篇小说，便发誓上天入地，也要和此人发生点什么。一开始时，他天天来看她，两人坐在房里说话，她只顾孜孜地看他，不胜之喜。很多年以后，他还引《子夜歌》中的诗句，用“桐花万里路，连朝语不息”来形容那份相悦，兴许他一开始对她也存有几分真心。但那又如何，他终究是个朝东暮西的无行浪子，最后的结局，还是落了个“郎为傍人取，负侬非一事”。

尽管两人没有走到最后，但胡兰成确实曾为了她甘心离婚，为了她乐意花钱，最重要的是，他是她的知音，在张爱玲生命中的三个男人里，真正称得上她的灵魂伴侣，真正懂得她的怕也只有胡兰成了。那么多写张爱玲的文章中，赞美张爱玲的语句加起来也许还比不上胡兰成的一句“爱玲是民国世界的临水照花人”。

有些“张迷”对张爱玲为何喜欢胡兰成这样的浪子表示很不解，其实对张爱玲，对世上绝大多数女人来说，浪子的确有着不可抵挡的魅力。不信你去读她的作品，《沉香屑·第一炉香》中的乔琪乔也好，《倾城之恋》中的范柳原也好，可都是浪子。胡兰成出现时，俨然是她笔下的人物再世，甚至比范柳原们更知情识趣，更富有才情，这样一等一的浪子，如何叫人不动心？

碰到浪子的女人总是自以为与众不同，天下的女人都爱他，而他独独只爱我一个。张爱玲原本也是这么以为的，直到有一天她蓦然发现，原来她也只是芸芸众生中的一个，胡兰成待她，和待小周、范秀美并没有什么不同，甚至连使用的招数、说的情话都相似。浪子就是这么爱偷懒。

这个曾经将她捧为民国文学女神的男子，后来一度视她如敝屣。此人生平信奉的是“能发生的关系一定要发生”，和张爱玲在一起后，很快又有了新欢护士小周。逃亡温州时，又去勾搭朋友家的寡妇范秀美。这样勾三搭四，他还指望张爱玲完全不吃醋，来成全他的三美团圆。他许诺她的岁月静好、现世安稳，早已飘散在流离乱世中。

在胡兰成提到的几个女人中，最心爱的似乎是小周，小周在他眼里什么都好，连“衣服洗得干净”都成了无上优点。他流落香港后，还不忘给小周写信，惦记着要接她出来，却并没有花力气去尝试和张爱玲破镜重圆。对小周的外貌，胡兰成没有直接描写，但是看得出这个小周长得应该挺标致的。就是这样一个十六七岁的女孩子，凭着几分姿色就在情场上将张爱玲打得落花流水。

胡兰成说“爱玲从不嫉妒”，恨不得把她捧上神龛，事实上张爱玲在爱情里和别的小女子完全没有什么不同，所谓不嫉妒，只不过是在刻意隐忍等他回头而已。

胡兰成吃定了张爱玲，分开了很多年以后，还写信去撩拨她。张爱玲自然是避之不及，谁受过那样的伤害都会避之不及吧，她曾经是他脚底的泥，为了爱尊严扫地。

“见了他，她变得很低很低，低到尘埃里。但她心里是欢喜的，从尘埃里开出花来。”这是张爱玲在初见胡兰成后不久送给他的一张照片上面所题的话，一语成谶，这段感情里，她确实低到了尘埃里，而事实上，这样的低姿态对她自己来说是一种莫大的伤害，毕竟，她没有办法做到像旧式女子那样温柔和顺，她渴望的是两人之间平等的相知相爱。

决定和胡兰成分手时，她给他写了一封诀别信：“我已经不喜欢你了。你是早已经不喜欢我的了。这次的决心，我是经过一年半的长时间考虑的。彼时唯以小吉故，不欲增加你的困难。你不要来寻我，即或写信来，我亦是不看的了。”随信还附了30万元钱，那是她新写的电影剧本《不了情》《太太万岁》的稿费。

到底是张爱玲啊，纵然分手也绝不出恶语。

将胡兰成的《今生今世》和张爱玲的《小团圆》对比来读是很有意思的，如果说《今生今世》是华美的一袭锦袍，《小团圆》则是袍上爬满的虱子。到底是张爱玲，从来都敢于直面惨淡人生，胡兰成要制造佳话，她偏偏就要破坏佳话，胡兰成笔下的两人宛如一对神仙眷属，她却撕掉了这对眷属脸上温情脉脉的面纱，写尽了他的无赖和她的计较；张爱玲的一支笔，不虚美，不隐恶，她连自己都不放过。

2

胡兰成之后，张爱玲其实还爱过桑弧。桑弧是民国时期的一位电影导演，和张爱玲曾经合作过电影《不了情》《太太万岁》等。从他出现在张爱玲的生命中后，一直有好事者以猜测他们二人的关系为乐，认识他们的人有否认的，也有肯定的，倒是当事人双方，不约而同地保持着沉默。直到很多年以后，人们才从张爱玲的自传体小说《小团圆》中得到答案，那个英俊寡言的男二燕山，不就是桑弧吗？

张爱玲和桑弧，确实有过一段情。

这是一场注定无望的爱恋。出现在桑弧面前的张爱玲，从一开始就对这段感情没抱任何期待，可以说，她对桑弧毫无指望——只有不抱希望，才能够避免失望。

她写剧本，他拍电影，第一次合作的电影叫《不了情》，老实说，这部电影并没有多出彩，但市场反响很好，成就了桑弧在上海影坛的声名。接下来二人继续合作，拍出了《太太万岁》。

这部电影讲的是俗世烟火中的喧闹和寂静。不曲折，不离奇，迥异于张爱玲之前的“传奇”风格。张爱玲在《太太万岁》题记里说：“《太太万岁》里的太太没有一个曲折离奇可歌可泣的身世。她的事迹平淡得像木头的心里涟漪的花纹。”

电影上映期间，有关张爱玲和桑弧的绯闻传了开来。他们共同的友人龚之方出来反驳说，根本没有这么一回事。龚之方表示，受一干朋友委托，他曾经想撮合他们，并亲自上门去游说。朋友们觉得“张爱玲的心里还凝结着与胡兰成这段恋情，没有散失；桑弧则性格内向，拘谨得很，和张爱玲只谈公事，绝不会斗胆提及什么私事来的”，所以必须有古道热肠的人出来说合。张爱玲听了他的提议，反应却是摇头，再摇头，三摇头，意思是让他不要再说下去了。

龚之方毕竟不是个心细如发的人，只看到了张爱玲表面上的拒绝，难以领会她在摇头、摇头、再摇头之下曲折难言的心事——她不是不爱他，她只是不忍心让他为难。

她到底是如何爱上他的？这是一个谜。《小团圆》中，她给出了自己的答案：她对他是初恋的心情，从前错过了的，等到了手已经情状全非，更觉得凄迷留恋，恨不得永远逗留在这阶段。

她理想中的初恋应该是淡淡的、涩涩的，像青柠檬水，喝在胃里紧紧的，喝过就算了。那个男孩子，最好比她略大几岁，但看上去比她年轻，就像他一样。

请注意这五个字：“喝过就算了”。聪明剔透如张爱玲，一定知道几乎所有的初恋都会无疾而终，她这次要的，只是一种体验、一份温情，再也不奢望所谓的现世安稳了。

张爱玲和胡兰成在一起时，一开始就昭告天下。这次却很小心，她与桑弧始终维持着地下情的状态。和她同住的姑姑对这段感情很不看好，并替她抱不平：我就是气不过，为什么要鬼鬼祟祟。

除了至亲，没有人知道桑弧的存在，连胡兰成也不知道。对于这段感情，我们可以从《小团圆》中寻得一些端倪：有次邵之雍经过上海时来看九莉，走之后她对燕山说："这次和以前不同了，连手都没握过。"

"一根汗毛都不能让他碰。"燕山突然说，声音很大。

九莉一面忍着笑，也觉得感动。

就在此时，张爱玲和胡兰成彻底了断了。如果没有桑弧，她可能做不到如此决绝。

但胡兰成留下的阴影始终笼罩着她，以至于她也许觉得，自己配不上一场光明正大的恋爱。她在桑弧面前，始终是有些怯意的，他这么年轻这么好看，又没有所谓的"黑历史"，难免会让她有些自惭形秽。

《小团圆》中写道，有次九莉和燕山出去看电影，出来时，她感到他的脸色变得难看了，她照照粉盒里的镜子，发现是自己脸上出了油，马上自惭"年老色衰"。

如此纠缠了几年后，九莉对燕山说："没人会像我这样喜欢你的。"

他说："我知道。"

她又说："我不过是因为你的脸。"

我总觉得，前面那句是真心的，后面这句更像找补，她真是很喜欢他的，喜欢到不敢开口提任何要求，生怕一提就会把他推得更远。却忍不住在心里设想与他一道生活的情景——要另外有个小房子，除了他之外，不告诉任何人，她白天像上班一样去那里，晚上回去。

她知道，这终究是一种奢望，所以连这样的念头都不敢透露。九莉有次停经了两个月，只好告诉燕山，燕山强笑低声说："那也没什么，就宣布……"

后来查出没有怀孕，九莉自以为在燕山没有表情的脸上，看到了他幸免的喜悦。

九莉这样的女人，活得太敏感太清醒也太骄傲了。张爱玲同样如此，她要的感情，从来都是百分之百，不要一丝一毫的勉强。

而对张爱玲来说，她设想的和他有关的未来终于落了空，但桑弧多少比胡兰成重情义些，怕她看了小报上的八卦受刺激，特意托人嘱咐，以后不登他们的私生活。

这之后，张爱玲孤身一人去了香港，再辗转去到美国，以抛亲绝友的孤绝，换来了后半生的清净。

桑弧呢，则继续留在上海，成了电影界的知名人物。对于和张爱玲的这段往事，他绝口不提，比起胡兰成的大肆卖弄，人们觉得，还是这个沉默是金的男人，更配得上张爱玲的深情。

很多年以后，暮年的张爱玲把半生往事都写进《小团圆》里，对连同自己在内的每个人都剥皮拆骨，剖析起来穷形尽相。唯独对桑弧手下留情，提到他时，甚至有文艺片的美感，他年少翩翩，他温情脉脉。写到他对自己的“不够爱”时，也婉转地写成了“不得已”。

她在小说中写道:“燕山的事她从来没懊悔过,因为那时幸亏有他。”

这就是张爱玲的过人之处，她从来不会说前任的坏话，并以她的雍容大度，赢得了前任和读者的普遍尊重。爱情就算消逝了，至少还有尊严，这样的结局，并不算太坏。

3

张爱玲拥有无数追随者，连香港作家亦舒也自称是她的粉丝，仔细想起来，张爱玲本人堪称“亦舒女郎”的典范，在大多数女人都在依附男人的时代里，她却从来不曾做过男人的附庸，而是依靠着一支笔，为自己谋得了独立体面的生活。

上海时期的张爱玲，简直就是那个年代最摩登的女作家，践行着一种最时尚不过的生活方式。她和姑姑一起住常德公寓,以写稿为生,很早就发表了作品，拿到第一笔稿费时赶紧去买了支口红。她骨子里是很热爱生活的，爱美食，爱华服，爱出风头，常常穿着自己设计的奇装异服招摇过市，活成了女作家中的时尚偶像。

到美国后，她本来想学林语堂那样，用英文写作打出一片天地，岂料天不遂人愿。她的后半生一直辗转在各种小旅馆里，为疾病和跳蚤所苦，还得照顾老生病的丈夫赖雅。可一有喘息的空间，她还是会兴致勃勃地去逛旧货市场，攒钱买Dior的口红，叮嘱香港的闺密邝文美给她选购旗袍衣料，本质上她还是个处处讲究的大家闺秀，即使半生潦倒，闺秀的风度也一点都没有折损。

最重要的是，作为一个将写作视为生命的作家，无论境况如何，她都没有放下手中的笔。她有一项本事，可以把生命中遭遇的一切好的坏的，都化成她写作的养料。缺爱的童年、阴郁的成长、黯然伤神的爱情，都成了她源源不断的灵感源泉，伤痛也好，心碎也罢，她一点一滴都没有浪费，全都写进了书里。爱上胡兰成是她的劫数，可她也是在遇见他后，生命和才华才陡然绽放起来，她最出色的作品几乎都写于那两年。

人生如蚌，蚌病得珠，失恋的痛苦犹如泥沙入蚌，在经历最初的阵痛后，部分泥沙会由岁月打磨成一颗珍珠。不管是《半生缘》还是《小团圆》，都是从痛楚中磨砺出来的珍珠吧，淡淡的笔墨下隐藏着很深的隐痛。但对一个写作者来说，在写的过程中，我相信她已经得到了疗愈，只要她还能够写出来，就没有辜负她受过的苦痛。

在《小团圆》的结尾，她写到九莉做了一个梦，梦见青山上红棕色的小木屋，映着碧蓝的天，阳光下满地树影摇曳着，邵之雍拉着她的手臂进屋，旁边还有很多小孩，都是他和她的。醒来之后，九莉快乐了很久很久。我猜想，写书的人在写到这里时，一定也快乐了很久很久，虽然只是个梦。

13

1924—

叶嘉莹

Ye Jiaying

一世多艰，寸心如水。

南开大学中华古典文化研究所所长，博士生导师，加拿大籍中国古典文学专家，加拿大皇家学会院士，曾任多所知名大学教授。获得 2015—2016年度“影响世界华人大奖”终身成就奖，2018年向南开大学捐款1857万元，设立“迦陵基金”，支持中华优秀传统文化研究。2019年再向南开大学捐款1711万元。

若有诗书藏于心，岁月从不败美人

文 / 马超

若说起近现代文化界的精英女性中，哪位女性的命运最坎坷，想来叶嘉莹先生的坎坷人生没有几个人能比得过。

叶嘉莹,被誉为“中国古典文化的传灯人”,是中国最后一位“穿裙子的士”。中国古典文人身上所具有的儒雅气息和忠肝义胆，都在她身上有着鲜明的体现：她曾站在美国哈佛大学的讲台上，用流利的英语为大家讲解中国古诗词；她放弃国外高校的优厚待遇，请愿回国教书，只为中国的古典文化能够后继有人；她一生简朴，将辛苦积攒下的个人财产全部捐赠给南开大学，以支持中国传统文化研究。

你一定以为，这样一个人格高尚、才学出众的人，必定是个散发着温暖的人，也必定是被上天厚待的人。

其实，命运对这位饱读诗书、才华过人的女先生，没有过多厚待，有的却是逃不过的苦痛。

1

1924 年 7 月，叶嘉莹出生在北平城内的一座四合院里。这个书香世家，本是蒙古裔旗人叶赫氏的后代。清王朝的统治结束后，家族便将“叶赫”首字作为姓氏。

作为家中长女，叶嘉莹自小就被父母寄予厚望。三岁始识字，四岁诵古诗，六岁学《论语》。虽然，年幼的叶嘉莹还不懂得诗词的真意以及《论语》的精义，但她始终认认真真地学习。古诗词就仿如一泓清泉，让叶嘉莹那一颗诗心不断地得到滋养。

在古典诗词的陪伴下，叶嘉莹小小年纪便出口成诗。少女时代的叶嘉莹在自家院中移种了一棵竹子，看着鲜绿欲滴的竹叶，感受着丝丝的秋意，叶嘉莹灵心一动，便作出一首诗来：

记得年时花满庭，
枝梢时见度流萤。
而今花落萤飞尽，
忍向西风独自青。

这首《对窗前秋竹有感》流露出无限感伤之意，而这种感伤的气息，则几乎伴随了叶嘉莹一生，如同一片阴影。

在动荡的年月里，叶嘉莹先是与父亲失去了联系。不久后，她的母亲因生病动了手术，又因术后伤口感染不幸离世。在尚且青涩稚嫩的年纪里就失去了至亲，叶嘉莹内心的苦痛，是常人所难以想象的。

叶嘉莹沉浸于失去母亲的悲痛之中，她提笔作诗，通过这种方式来排解内心的苦痛。在此后的人生中，叶嘉莹似乎就没有间断过遭遇苦难，但是，每当身陷苦难之中时，叶嘉莹总能够通过古诗词找到人生的另一个出口。用她自己的话来说就是："各种苦难，谁都不愿意发生，可是极大的悲哀和痛苦，让你对人生有了另外一种体会。如果不把诗人的小我感情打破，就不会有更高更远的想法。"

有了这番人生感悟的叶嘉莹，已是垂垂老矣。岁月待她如此残忍，而在耄耋之年，她竟然能以如此平静淡然的心态，去总结自己这一生的苦难曲折，仅凭这一点，她就可以称得上是"女中君子"了。

只是，叶嘉莹未必会在意这些赞许。她渴望岁月安好，可岁月却不曾厚待于她。女人啊，如果内心缺少强大的力量作为支撑，很容易在破碎的人生中垮下去。而叶嘉莹之所以能够在残酷的境遇中顽强地走下去，正是因为她的心中涌动着一股力量，这股力量源于她对古诗词的热爱，也源于她要将中国古典文化传承下去的信念。

2

作为情感丰富的女诗人，叶嘉莹在古诗词中得到了滋养，找到了心灵的依托。但是，在现实世界之中，她并没有享受到感情的滋养，甚至还为了一段并不幸福的婚姻，过度透支了自己的心力。

叶嘉莹并没有体验过恋爱的滋味，虽然她也结婚了，但是她与丈夫赵东荪的婚姻生活里缺少了爱情的维系。

起初，家中长辈就不看好赵东荪，认为他并不是个踏实勤勉的人。一直没有遇到“真命天子”的叶嘉莹，已经被对方追求了两三年。她虽然对赵东荪没有丝毫爱意，但也没有什么恶感。当她得知他丢了在秦皇岛的工作时，内心很是愧疚。不久后，赵东荪的姐夫帮他在南京找了一份工作。叶嘉莹劝赵东荪安心工作，可赵东荪却对叶嘉莹说，如果叶嘉莹不和他订婚，他就没办法安心工作。

即便叶嘉莹这般聪慧，终究也没能参透爱情这道谜题。如果叶嘉莹活得足够通透，那么她会告诉自己，面对自己根本没有感觉的人，就不要答应对方的任何请求。可是，叶嘉莹总觉得，自己对赵东荪有着一些亏欠，这种亏欠感让她不得安生，便只好答应和赵东荪订婚。

婚后，叶嘉莹也没有等来安定幸福的生活。她跟随丈夫到了台湾，开始在异乡谋求生活。

到台湾一年后，丈夫因为一些莫须有的问题而进了监狱。此时的叶嘉莹只能带着不到一岁的女儿，寄居在丈夫姐姐那窄小的家中，在走廊里打地铺。

寄人篱下的生活总是心酸的，没有什么生活来源的叶嘉莹，日子过得清苦无比。但叶嘉莹的内心又是坚韧的，她不肯向命运低下高贵的头颅，反而越是在生活困苦时，越是要活得优雅体面。

为了不打扰到别人休息，叶嘉莹每天等姐姐一家人睡下后，才哄着女儿入睡，次日一早，她就要赶在大家起床前，先把铺盖整理妥当，把走廊收拾干净；中午的时候，大家都要午休，她担心女儿的吵闹会烦到别人，便抱着女儿在树荫下来回散步。

生活是艰难的、苦涩的，叶嘉莹只能在诗词里尽情地宣泄着心中的烦忧。在文字中宣泄之后，她获得的是心灵上的安抚。只有经由这样的方式，叶嘉莹才可以在这破碎的家庭里安心度日。

经过无数个日夜的煎熬，叶嘉莹终于等来了丈夫出狱的消息。原本她以为，丈夫出狱后一家人就团圆了，人生就会由阴转晴。可她的梦想落了空，命运再一次给她以沉重的打击。

3

赵东荪出狱前，叶嘉莹通过师友举荐，在台南一所私立中学光华女中教书。虽然工作辛苦，但她的教学成果却非常理想，而且有了工作也就有了收入，这样一来，生活也不至于很差。

1953 年，赵东荪出狱之后性情大变，动辄大吵大闹，甚至还有家暴的举动。叶嘉莹是一个骨子里流淌着古典文化血液的人，面对这种情况，她首先想到的不是离婚，而是既然自己已经嫁给了他，那就应当担负起一个妻子的责任。

她百般温情地对待他，可是当他看到刚出生的第二个孩子还是女孩时，竟然头都不回地走掉了，全然不顾躺在病床上的妻子此时身心所承受的疼痛。

脾气暴躁的赵东荪就职之路并不顺畅，即便好不容易找到工作，也因为性格原因干不长久。他终日里没有什么正经事情做，只是在家中唉声叹气,稍有不顺就对妻子女儿恶语相向。叶嘉莹纤弱的肩膀上，承载着一家的生计，为了养育女儿，她必须节俭度日，甚至只能穿着打了补丁的长衫站在讲台上教书。

生活的重压，已然让叶嘉莹喘不过气来，婚姻的不幸更让她产生遇人不淑的叹息。有很多次，叶嘉莹想一死了之。可是，看着膝下幼女，她的心又软了下来，然后横下一条心来：命运对我如此无情，我偏要多姿多彩地活下去!

从旧时代里走过的女子，太容易依附男人。但是，叶嘉莹不一样。少女时代就失去母亲,二十五岁时带着刚出生的女儿尝尽人间的酸辛，盼望丈夫回归家庭，可没有盼来丈夫的体贴与柔情。

由于叶嘉莹平日里的教学工作主要与中国古典文学有关，所以，她得以接触到大量的古诗词。这一天，她偶然读到王安石的一首诗，正是这首诗，让叶嘉莹慢慢放下了对丈夫的怨恨。诗中写道："风吹瓦堕屋，正打破我头。瓦亦自破碎，岂但我血流。我终不嗔渠，此瓦不自由。众生造众恶，亦有一机抽……"通过这首诗，叶嘉莹终于领悟到，世上万事，可能真的有着各种机缘。既然命运不肯温柔地对待自己，那么就放下种种渴盼，在此后的岁月里学会独自承受，毕竟人生之路只能自己一个人走。

叶嘉莹抱定主意，不再把人生的幸福以及生活的指望，全部寄托在丈夫身上时，她的人生开始出现了真正的转机。

1954年，叶嘉莹到台湾大学任教，后又兼职在淡江、辅仁两所大学教课，她带领学生们在古诗词的海洋中尽情徜徉，同时也清除了自己心中的悲戚与怨怼。

1966年，叶嘉莹迎来了人生的转折点，她获得了前往美国讲学的机会。可她开始时并不愿意接受。一来她不懂英语，二来担心自己难以适应国外生活。可当她想到，或许在国外丈夫能找到合适的工作时，便又应承下来。白天，她忙于教学工作，只能趁夜晚两个女儿进入梦乡后才能补习英文。在加拿大不列颠哥伦比亚大学任教时，叶嘉莹也是在图书馆里伏案工作，直至深夜。

叶嘉莹说，她喜欢深夜独自工作的感觉，因为这份宁静，这份专注，她在家中是很难获得的。虽然叶嘉莹的前半生一直处于颠沛流离之中，但人到中年之后，她反而活得自在通透起来。在命运的摧残下，她虽有过抱怨，可是在持续不断地追求学问、涵养道德的过程中，叶嘉莹的心境却逐渐变得清明平静。

既然无法改变命运，无法改变外在环境，那就涵养自己的心性，埋头继续前行。在很多时候，改变自己的心境，比改变外在环境要更切实际。

既然婚姻生活已然如此，那么就放下对婚姻原有的希望，毕竟在人生中的大多数时刻，人能够依靠的也只有自己。

只是，两个人在婚姻的围城里相对一生，竟如同两个陌生人一般，这对叶嘉莹那丰富而充沛的灵魂来说，毕竟是太过压抑。幸好叶嘉莹没有在这种压抑的婚姻生活中失去对自我生命价值的追求。

如果说，一个女人要活出高质量的人生，需要命运的垂青以及不断加持的运气，那么很显然，叶嘉莹的一生则完全是靠着不断调整内在心境，才活出了自己的精彩。

4

就在叶嘉莹以为自己的人生境遇不断好转的时候，一个噩耗击碎了她对生活的美好向往：1976 年 3 月，叶嘉莹的大女儿言言和大女婿在一场车祸中不幸遇难。这一年，叶嘉莹已经年过五十，她默默地操办完后事，丧礼结束后却把自己封闭起来，一口气写下《哭女诗》十首，倾吐自己经历的半生坎坷，历数自己承受的苦痛辛酸。

但是，如果你以为叶嘉莹在遭受这许多磨难后，就意志消沉、悲观厌世起来，那你就想错了。早年的离乱生活，早已磨炼了叶嘉莹的心性，让她对现实人生的洞察更加清醒。从失女之痛中，叶嘉莹参悟到，自己的余生已经不多，况且人生中又充满了变数，与其沉浸在小家、小我的情感中，不如趁着自己还有精力，还能散发出生命的余温，为自己热爱的古诗词文化尽一份心。

大女儿去世两年后，叶嘉莹在报纸上偶然看到，中国的大学需要教师。这则消息不仅让身在海外的叶嘉莹产生了浓厚的思乡之情，更激起了她对自己晚年生活的展望。她渴望站在中国诗词文化的发源地，让更多的人领略到中国古诗词的优美韵味。

怀着这样的心愿，叶嘉莹提出了回国讲学的申请。她的申请不久就批了下来。从此之后，叶嘉莹开始利用每年的假期回国，到高校讲授古典诗词。她说过："我平生的离乱都微不足道，只愿年轻人能够把我吐出的丝，织成一片云锦。我的莲花总会凋零，但我想把中国传统文化的莲心留下来。"

命运不曾善待于她，但她心中的怨恨早已随着岁月散去了。她对命运再没有什么希求，唯独希望能够把中国古典诗词文化继续传承下去。三十多年过去了，叶嘉莹曾在北京大学、南开大学、天津大学、复旦大学等几十所高校讲学。九十岁高龄的她，在授课和演讲时依然坚持端正地站立，她说过，老师就应该是站着讲课的，这是对学问的尊重。她还说，不论在任何时候，都应该尽到自己的责任，这是一个人应有的操守。

糟糕的婚姻何其可怕，如果把人生中所有的希望，都寄托在伴侣的身上。

坎坷的命运何其不幸，如果只想着接受命运的馈赠，却从来不想如何在艰难困苦中承担责任。

当我们经历糟糕与不幸之后，却依然能以平静如水的心面对未来，那么我们的人生境遇中的沟沟坎坎，也就不会继续折磨我们的心灵了。

叶嘉莹说，人要有一种“弱德之美”。但“弱德”不等同于“弱者”。生活中的弱者只有挨打的份，而具备弱德之美的人，则既能够有所承受，更是有所坚持、有所承担。这种弱德之美，在叶嘉莹身上就得到了完美的体现：在多少无助凄苦的时光里，她咬牙坚持下去，用诗词滋养心灵，用事业扩展人生。当然，更重要的是，在这种种糟糕与坎坷之中，叶嘉莹依然能够握有人生的选择权。希望你也是这样的：即便被命运亏待，被婚姻亏欠，也依然能从其中解脱出来，涵养心灵，成全自己。

14

1929－1993

奥黛丽·赫本

Audrey Hepburn

优雅是唯一不会褪色的美。

英国电影演员，电影作品有《罗马假日》《蒂凡尼的早餐》等。1954年因在《罗马假日》中的精彩表演获得奥斯卡最佳女主角奖。晚年投身慈善事业，曾任联合国儿童基金会特使。1999年被美国电影学会选为百年来最伟大的50位女演员之一。

如何美到时光尽头

文 / 正经狸花

“绝代佳人”，从来不是个容易扛的头衔。

单有颜值，远远不够。人间百苦，不见得会为谁网开一面。纵有绝代风华，也一样免不了生活的磨砺。

何况，群众往往对美人格外苛刻，不肯接受她们的自然老去。于是，一旦美人迟暮，各种刻薄的评语便蜂拥而来。

然而，奥黛丽 · 赫本是个例外。

究竟如何才能保有一份不容置疑的美，并且一直美到最后？

要知道，她既不是被呵护于温室的花朵，也并未逃过岁月的摧残。

当亲人转身离去，她一样得跌跌撞撞地挣扎出阴影；当梦想被无情否定，她一样得忍着眼泪给自己肯定；当爱情无法瑰丽如初，她一样得在无计可施后放手；当流年无法挽回，她一样得面对镜中褪色的容颜。

面对命运的诘难，她自己找出了答案。

于是，经历过或好或坏的世事，坦然面对了憔悴和衰老，终其一生，踏遍荆棘，风华如旧。

不知从何时起，“天使”已经成了她的别名。与她同时代的女星

伊丽莎白 · 泰勒曾经有句名言 ：“婚姻是所好学校。”其实，又何止是婚姻呢？家庭、工作，乃至生命里的每一个过客，都可以是好学校——只要你是个足够用心的学生。动人的灵魂，总在持之以恒的学习中淬炼而成。在成为天使之前，又怎能错过人间的必修课？

1

1953 年，《罗马假日》甫一上映，就引起了一场席卷全球的疯狂，自那以后，奥黛丽 · 赫本独舞于风口浪尖，全世界热切的视线再也不曾从她身上移开。而这一切的真正开场，还要追溯到 1929 年比利时的那个春天。

那时，出生不久的她，从一场凶险的百日咳里逃出生天，静好的岁月给了这个小姑娘褐色头发和深邃眼睛。刚满六岁，她无忧无虑的生活便戛然而止——父亲约瑟夫决意离开母亲艾拉。

这是第一个留给她背影的男人，并且将不是最后一个。长大后，奥黛丽是这样记述这件事的：“他就这样走了出去，永远也不会回来。”

虽然原本和美的家庭不复存在，但母亲决定送女儿去丈夫所在的伦敦上学，于是父亲在离婚后还是陪伴了幼小的奥黛丽一段时间。这份陪伴很快就迎来了诀别 ：1939 年，“二战”拉开了序幕，亲法西斯的父亲要去追逐他的政治理想，把十岁的她送上了前往荷兰的飞机。

直到多年以后，奥黛丽依然清晰地记得，那架飞机是刺眼的橙色。

自那一别，父亲这个角色永远地从她的人生里缺了席。

据说，如果一个人童年时在情感上遭遇饥饿，他将一生都如同生长在阴暗角落的树木，不计后果地向有阳光的方向伸出它的枝丫。奥黛丽的童年时光，就在登上橙色飞机的那一刻结束了，从此她一生渴望被紧紧拥抱，再也不被离弃。

纳粹横扫欧洲，她所在的小城沦陷了。没有亲历过战争的人或许很难想象，在那种情形下，比起死于战火的阴影，还有另一样东西更为急迫，更如影随形，那就是：饥饿。

她亲眼看着哥哥与狗争食，而她咽下郁金香的鳞茎，哄骗自己的胃把它当成蔬菜。没有小麦，没有面粉，她尽量终日躺着不动，降低消耗，靠看书来暂时忘却对食物的渴求。

多年以后，女孩们趋之若鹜地推崇她瘦削的肩膀、细长的脖颈和不盈一握的腰身，却没有多少人知道，这样的身材根本不是节食的结果，而是因为她在整个青春期，从来就没有吃饱过。并且，在这样恶劣的条件下，她始终没有放弃学习芭蕾舞。

就在奥黛丽忍饥挨饿的时候，有一本书刚刚红遍了整个英文世界——《飘》。书中有这样一段议论：一个女人若是在年轻的时候经历过最可怕的事，她将一生都不再知道什么是害怕。

没有父亲，没有吃的，甚至没有一张可以安然入睡的床铺；哥哥进了集中营，叔叔死于纳粹的枪口，奥黛丽不得不在废弃的地下室里躲了整整一个月，直到这座城解放。那么，熬过了这一切的她，究竟算不算得上经历过“最可怕的事”呢？恐怕依然无法断言。

为了梦想，她揣上10英镑的全部积蓄，和母亲一起向英国伦敦出发。

然而，她的前路，仍然荆棘密布。

她为之奋斗了十年的芭蕾事业，被导师宣判了死刑。

那些在战争和饥饿时支撑她活下去的梦想，一下子消失了。

如果与她易地而处，恐怕任谁都会忍不住质问生活：为什么在数不清的失去之后，你要我面对的依然是失去？

然而，十九岁的奥黛丽·赫本却对自己说：“如果不能够成为最出色的舞者，那么，就成为其他领域中最出色的人。”

她要往前闯，瞧瞧前面还能有什么。这一闯，芭蕾界少了一个骨骼发育不达标的舞者，美国好莱坞得到了一位著名的女演员。

做演员，是她的无可奈何，是她的退而求其次。但是即便如此，做了演员的她，却终生遵守着与学习跳芭蕾时一样的原则：努力工作、遵守纪律、拥有职业精神。

在泥地里滚爬，被大雨当头浇下，不过是家常便饭。为了准备拍《修女传》，她主动住进修道院体验生活，在刚果的麻风村里与麻风病人一起做礼拜。与她合作过的演员格兰特多年后如此回忆奥黛丽：“在她柔弱的外表下，有着钢铁般的意志。”

当她功成名就，终于寻访到当年抛下她的父亲。

她曾经用二十年的时光渴望相见、渴望扑进他怀抱的男人，已是沧桑老人，仍然一脸淡漠的骄傲。奥黛丽等待了几秒钟，而他没有任何反应，既没有走上前来，也没有张开双臂。

终于，奥黛丽走上前去，拥抱了他。

他没有道歉，她也不再需要他的道歉。这就是此生的最后一面。她的心结已了。那个哭着想要父亲的小女孩，永远地长大了。

她不再见他，却给了他经济上的支持，直到他生命的终结。因为她有她的原则 ：“人总要做自己应该做的事。”

他可以没有责任感，但她从废墟里站起来，用瘦削的肩膀担起了她自己的一生，而且再也没有忘记什么叫作责任。

2

或许，正是父亲留下的阴影，让她始终缺乏安全感。在奥黛丽的前半生，她总想过一种相夫教子的生活，经营一个温暖的小家庭。最好是一夕携手，白首不离。

二十一岁的她选择的第一个男人是詹姆斯 · 汉森，一个暖男型的富家子弟。他闲来爱好遛狗、骑马、打猎、捕鱼，似乎正是奥黛丽梦想中的那种居家好丈夫。

可是恰在此时，命运在一连串的劫难之后，第一次向她露出了温存的那一面——她的事业开始起步了。

首次主演的话剧《吉吉》反响不错，让派拉蒙公司的导演注意到了这个女孩，希望她能参加《罗马假日》女主角的试镜。

要知道，她早已和詹姆斯约定：《吉吉》一演完，马上举行婚礼。

即使是现在，年轻的女演员选择结婚，也会不可避免地影响到事业，更何况是当年呢？在相夫教子和大红大紫之间，她只能做一道单选题。

在她犹豫彷徨的时候，奥黛丽的母亲从背后抱住她："相信我，永远以事业为重。你不能生活在除了车就是马和狗的世界。"

曾经幻想了无数次的小家庭唾手可得。而她，选择了《罗马假日》。

走过兵荒马乱的酷暑，《罗马假日》终于拍完了。在芝加哥的首映礼上，奥黛丽·赫本宣布，她与詹姆斯·汉森之间，已经结束了。

也许，他真的是个靠得住的男人；也许，这段错失的婚姻真的本可以是温馨的避风港。

不过，与其将希望寄托在别人身上，还不如将自己当作那只命运的"潜力股"。人生中，孤注一掷的投资能做几次呢？与其投给别人，不如投给自己。

接下来的故事，全世界都知道：她投对了。

他是一个美丽的遗憾，也是她的第二堂课。比起许多年纪轻轻被爱情冲昏头脑、从此失去自我的女孩，奥黛丽是何其幸运，在二十出头的年纪，已经学会了取舍。

《罗马假日》一炮而红，那一年《时代》杂志把她登在了封面，并且不吝溢美之词："派拉蒙的这颗新星确实熠熠生辉、千姿百态。莱茵石般的闪光，在她年轻的脸上瞬息万变。"

随后，多少电影人职业生涯中梦寐以求的那座小金人，也落入了初涉影坛的她怀中。她穿着一袭纪梵希的白色长裙，接过了奥斯卡最佳女主角的奖杯。

其实，那一晚的她，才刚刚从话剧舞台上谢幕，脸上还带着来不及卸的油彩浓妆。她一脸紧张和错愕，一时竟难以相信这份厚重的褒奖真的属于自己。

3

而《罗马假日》带给她的，还不只是小金人。这部影片的男主角扮演者格里高利 · 派克，将好友梅尔 · 费雷介绍给了她。

与她的初恋不一样，梅尔是个地道的"圈内人"。他颇有才华，集制片、导演、演员于一身；而奥黛丽恰好对他十分倾慕，甚至对他的电影如数家珍。

他比她大了整整十二岁，已经有过两段失败的婚姻和四个孩子。

可是，这样的年龄差似乎反而激起了她的迷恋，她热切地期盼与他同台演戏，还让他来挑选剧本。

梅尔挑了话剧《美人鱼》，奥黛丽欣然接受。

已经大红大紫的她，却要离开大银幕回去演话剧，就好比今天的“电影咖”重新去演电视连续剧一样，难免引起好事者们“自降身价”的讥评。为此，奥黛丽不知费了多少口舌，才说服派拉蒙公司放她回到话剧舞台。她是真的喜欢这个高度理性的剧本，也是真的享受与梅尔同台的时光。

可是，今天看来，《美人鱼》的剧本，仿佛他俩之间的一个谶言——英俊的骑士偶遇美丽的人鱼，毫不意外地彼此一见钟情，陷入了热恋。然而，日复一日，骑士渐渐厌倦了人鱼天真纯洁的感情，和别的女人订了婚。

始于真爱，却终于背叛。这不是罗曼蒂克的童话故事，而是现实主义的寓言。

被放置在镁光灯下的感情，从一开始就过于万众瞩目。或许是人们惋惜完美的“安妮公主”嫁给了一个三婚的“老男人”吧，对奥黛丽的姻缘，谣言和诋毁竟然远多于祝福。各种小报拼命攻击梅尔，说他只是在利用她的感情，蹭她的热度。

“离偶像的作品近一点，离偶像的生活远一点。”真正能做到的又有多少？这段姻缘被强光照射，被无数人审视，久而久之，矛盾暗生。

更落人口实的是：不论是才华还是机遇，她都远在他之上。

她的电影没有一部不成功，获得奥斯卡提名已是家常便饭，还成为最早拿到百万美元片酬的女星之一。而他却长期在二流作品中挣扎，仅有的优秀之作还是和她合作的……他的自尊心开始难以忍受。

为了平衡失落的心态，梅尔一面对她愈加强硬独断，一面传出了层出不穷的桃色新闻。在奥黛丽的朋友奎恩眼中，像她那样的女子，明明应该得到丈夫天鹅绒般的温存，“可他却对她那么生硬、说一不二，仿佛对她有种统治的权力。而她对他，谨小慎微。”

需要“谨小慎微”才能维系的感情，是有多么累？

她经历了两次流产，生下儿子肖恩。她害怕童年时父母分离的创伤又在儿子身上重现，更加要竭力挽回丈夫，不惜在八个月里安排了十六次旅行去追随梅尔。

在演艺事业上，努力让她无往不利；爱，却不是一件靠努力就能得到的东西，谁能想它留驻就留驻，想它消失就消失？若能如此，人间的痛苦早就消弭了至少一半。

她已经跳出了出道时傻白甜美少女的局限，不论是修女、盲女、同性恋还是妓女，她都能驾驭得游刃有余；然而，眼看爱情消磨殆尽，天使也无能为力。

她终于选择了放手。

结束一段婚姻，比结束一段恋情艰难得多。婚姻和孩子，总在两个原本独立的人之间牵扯出许多剪不断理还乱的纠缠,或许至死方休。

不过，没有因为不甘心就在悲剧里沉沦到底，已是三生有幸。她毕竟是个聪慧的女子。

她再一次走出荆棘，重获新生，剪短长发，回到罗马。

在这座让她一夜成名的古城，意大利人依然欢迎他们的“安妮公主”。

都说修复情伤最好的办法，就是开始一段新的恋情。治愈她的，是比她小九岁的意大利青年安德烈 · 多蒂。

虽然这段婚姻最后依然以分手告终，但是比起初婚，这一回，她的成长有目共睹：她与梅尔几乎再无联系，强烈的挫败感让两人都无法面对彼此，只能相忘于江湖；但她和安德烈却做到了“分手还是朋友”，时不时带着孩子重聚，心平气和地谈笑。

大约是因为，第一次梦想破碎的伤痕，总要比后来的更深重。

现在的奥黛丽，已经不再执着于“一夕携手，白首不离”的童话。既然不爱了，就从容转身吧。

4

今天的网络上，流传着她中年以后的采访视频。她专注地望着记者，眼神仍旧清澈，神情仍旧灵动，会忽然歪头，扑闪着眼睛，调皮地笑出声。比起靠手术或是浓妆强行掩盖岁月的痕迹，她选择了坦荡，任由时光在眼角和唇边添上皱纹，也要珍爱自己真实的模样。

事业，她早就登顶；名利，她丝毫不缺；恋爱与婚姻，她都已体验过；做母亲的万般滋味，她也一一品尝过。

细数悲辛和欢喜，她已有了足够丰盈的一生。奥黛丽的目光，开始投向世界其他角落那些不幸的孩子。

人生的最后几年里，她的脚步几乎遍布全世界每一个贫困的国度。在孟加拉国、在埃塞俄比亚，她把骨瘦如柴的病童抱进怀里，眼中蓄满了泪水。

1992 年，她花了近一年的时间筹措资金，然后去办理前往索马里的签证，得到的回答却是："不需要签证，因为那里根本没有政府。你只需要直接飞过去，同时祈祷飞机不要被击落就行了。"

大约没有比这更骇人听闻的出国咨询答复了吧？可她还是义无反顾地登上了飞机。

据她的儿子们回忆：那些年，她每次回家见到他们，都不停地述说在贫困国家的所见所闻，为受苦的儿童悲愤不已。多年来，她只坐经济舱，因为看过那么多忍饥挨饿的孩子，她觉得坐头等舱简直是种犯罪。在她为联合国儿童基金会工作期间，美国委员会筹得的资金增长了一倍。

但是，奥黛丽的慈善工作，并不只是飞过去跟孩子们拍拍照而已，她不光有强烈的悲悯心，还有着明辨是非的判断力。当时有种荒谬的论调，认为某些国家要是接受殖民统治就不会那么贫困了，奥黛丽在演讲中严厉地驳斥了它："首先获得自由，然后发展自己。"

她喜欢这份工作，尽管它那么繁重，并且给她带来了精神上的无尽痛苦，一次又一次让她回到童年在战争和饥饿中挣扎的梦魇。

为了让那些孩子吃饱饭，她马不停蹄地奔走，浑然忘了自己已是年逾花甲的老人。

而当孩子们终于有饭吃的时候，她自己却病倒了。

在天使闭上双眼之前，陪伴着她的是儿子们，和她最后的灵魂伴侣罗伯特·沃特斯。

她留在人间的最后一句话是："我自己没有遗憾。我只是不明白为什么还有那么多的孩子在受苦……"

她走了，但奥黛丽·赫本纪念基金让成千上万的非洲孩子有了生存和受教育的机会。

即使在她逝去那么多年之后，人间女子对她的模仿仍未停歇，仿佛她们和奥黛丽·赫本之间的距离，只是两道斜飞的浓眉和一条小黑裙。

尽管她是最早的时尚教主之一，但如果单单追逐她的名字、模仿她的妆扮，那只会离她越来越远。

被抛弃、被辜负，以及年华不再，都是女人最害怕的字眼。然而，她证明了，它们并不真正值得恐惧。比起少女时娇柔的美貌，走过披荆斩棘的一生后，她的模样反而多了一份金石般的质感。

她来过这世界，展现了惊人的美，一直工作到生命尽头，依然向人间传播着爱与善。她脸上每一道皱纹间，都是温柔和慈悲。在流星来来去去之间，她活成了永远的奥黛丽·赫本。

15

1925－2013

撒切尔夫人

Margaret Hilda Thatcher

只要事情最终如我所愿，我总是极有耐心。

英国第一位女首相，20世纪最著名的西方政治家之一，因执政作风刚毅被称为“铁娘子”。在任时对英国实行全方位改革，其主张被称为“撒切尔主义”。

一粒沙的磨砺

文 / 麦猫粮

喜欢珍珠的名女人成堆成打，但撒切尔夫人是个另类。

“若一生只有一件珠宝，必是珍珠。”——这是王妃。

“连珍珠都没有的女人不能算真正的女人。”——这是时尚教母。

“珍珠给人的感觉是如珠如宝，是被宠爱。”——这是明星。

“我经常戴珍珠，它能使皮肤增加色泽和美感 。”“当你穿上一件平淡无奇的服装，若再佩些珍珠，就显得气度不凡。”——这是撒切尔夫人。

这产品说明书般的用词、实验报告般的口吻，精准、客观、功能性突出，宛若直男，还是理工科那种。夹在一群百媚千娇的莺燕里，她像一只庞大的雌鹅，目光犀利，嘴角坚硬，实在不讨喜。

不奇怪，谁叫她是举世公认的铁娘子，继承铁血宰相俾斯麦名号的人物。

铁娘子也有女儿的柔肠，正如钢铁也会折射出温润的光。

她真的爱珍珠，爱到容不下其他首饰。会议，单串珍珠；宴请，双层珠链；接见国宾，三层珠链。视不同情况，再搭配大颗珍珠耳环。珍珠、深蓝套装，再加上高耸如头盔的金色短发，这经典三件套是她征战政坛的标志，是亚马孙女战士叱咤丛林的长枪。

她和别的同性一样热爱珠宝的华美。不过并不仅仅如此，珍珠于她，是幸运。

1

撒切尔在自传《通往权力之路》中留下了这样一段回忆：1950 年，在达特福德的一场募捐会上，二十四岁的她被友人带到了某个占卜师面前。和别的同行不一样，这个占卜师没有水晶球或塔罗牌，只是让玛格丽特摘下珍珠项链，仔细抚摸了一会儿说："你将成为伟大人物，和丘吉尔齐名。"在 1950 年对一名年轻女性说这种话，很难不被视为荒唐。当时英国女性全面获得选举权不过二十二年，虽有南希·阿斯特夫人成功跻身下院，但尚无任何女性在政府担当要职。那一年的玛格丽特还是玛格丽特·希尔达·罗伯茨小姐，方从牛津大学化学系毕业，金发披肩爱穿花衣，政治新丁初出茅庐，在学校谈过几次不靠谱的恋爱，以及，刚刚代表保守党输掉一场重要选举。

是命运的暗示也好，是随口奉承也好，很难说这种娱乐色彩浓厚的占卜真能带给玛格丽特多深刻的暗示。不过，那句话从此被她烙印在心。巧合的是，玛格丽特这个名字在古英语中的含义正是"珍珠"。四十多年后，她还不忘特地提起这场小小邂逅，当然，作为老练的政治家，也没忘了轻描淡写添上一句：人都喜欢听好话嘛。

就像没人能预知究竟哪只蝴蝶的振翅在大西洋彼岸掀起风暴，也许正在那一刻，少女内心沉睡的狮子睁开了双眼。

2

没有人生而伟大，正如每一颗珍珠都曾来自小小的沙砾。

玛格丽特生于 1925 年，对大多数英国人来说，那不算个好年头。维多利亚女王治下的黄金盛世早已随第一次世界大战的炮火飘逝于风中，虽日不落帝国竭力维持尊严，经济大萧条的阴影却已悄悄在不远的天际浮现。

她的父母安家在英格兰东部的一个小镇，格兰瑟姆，这里也是牛顿的故乡。罗伯茨两口子是那种教科书般的老一辈人，信仰虔诚、干活拼命、节俭成性。他们一个铜板一个铜板奋力攒钱，在镇上开了间小杂货店。因为老爹舍不得掏腰包安自来水管，全家人只能在后院的杂物间用大盆洗澡。

玛格丽特是家中次女，也是最小的孩子。从记事时开始，便跟着母亲或姐姐坐在柜台后边，将大包糖果饼干改称成一两磅的散装小袋。多年后，女首相还感慨，“下铺上住”的日子实在不易，“你总在上班。不管是深夜还是周末，只要人们缺少咸肉、糖、黄油或鸡蛋，就来敲你的门。我们都知道，我们靠为顾客服务谋生，抱怨是没有用的，因此也没有人抱怨。”

请不起用人，大部分活儿靠母女三人自己动手。玛格丽特的母亲是个高明的裁缝，能让姐妹俩少花钱穿得靓。小玛格丽特早早学会了怎么熨平整亚麻衬衫，怎么给红木家具打蜡，还知道要将地毯吊起来抽打才能清洁干净。这样的家庭理当培养出贤惠的主妇，然而玛格丽特志不在此。

她聪明伶俐，跟得上大人的议题，从小学开始就跟着父亲到处参加政治集会和宗教布道。老罗伯茨十三岁因穷辍学，为了弥补缺憾，对智商过人的小女儿格外用心。每周爸爸从图书馆借两本书，一本小说给妻子，另一本是比较严肃的政经著作，父女俩一块儿啃。小店收入有限，但罗伯茨不吝掏出高昂学费供她入读名校，不仅如此，还送女儿到处培训，学钢琴、曲棍球、诗朗诵等等看上去对未来的家庭主妇毫无用处的技能。

玛格丽特确实是父亲的女儿。她继承了老罗伯茨的政治天分，并青出于蓝。“二战”爆发时，她还不到十四岁，已是政治集会的常客、保守党的热心粉丝。她热爱辩论，从不畏惧在大众面前侃侃而谈，还认真考虑过长大要去印度做文官。她会同父亲讨论张伯伦的绥靖政策，也会站在炸鱼店门口，昂首大声反对希特勒。她鄙弃懦夫，直到晚年，仍能流利地背诵出丘吉尔的演讲词。

天生的战士性格造就了她，也带来了遗憾。比起父亲，玛格丽特和母亲明显没那么亲密。准确说，她和女性亲友似乎都比较疏离。母亲心灵手巧，擅长治家，却不能理解，更谈不上欣赏玛格丽特那迥异于普通女孩的性格，只是强行用家务占满她的业余时间，这激起了倔女孩的反抗。在玛格丽特整个青春期，母女俩争吵不断。直到母亲去世，铁娘子回忆往昔，也不过轻描淡写一句："她干了太多家务活儿，挺不容易的。"

玛格丽特从小没有将母亲当成人生典范，成年后，在人际交往上也极缺乏女性常有的忍让、体贴。她目标明确，她独往独来，她一提起政治就滔滔不绝两眼放光——这怎么讨人欢喜？牛津大学的女生们嫌弃她小商人的家庭出身；化工公司的女同事嘲笑她穿得像个小老太太；唐宁街 10 号的下属抱怨她作风独断像老巫婆；连尊贵无比的女王也曾被气得当着外国使节的面，公然称首相为"The Woman"，翻译过来就是"那个婆娘"！

敢打敢拼，刚毅无双，成了世人给她贴上的标签。然而，铁娘子当真只有百毒不侵的一面？

3

一些人眼里的缺陷，在另一些人眼里则成了不可替代的长处。

玛格丽特得不到母亲的眷爱，却获得了两个父亲。无巧不成书，这两位居然同名，都叫阿尔弗雷德。

第一个是老罗伯茨。作为生父，他在能力范围内给了玛格丽特最好的培养。不过，和大部分普通青年一样，待玛格丽特大学毕业，家人对她的扶持也算圆满成功，告一段落。虽然她十九岁已立志从政，然而政途崎岖，需要海量金钱和广阔的人脉，这也就是为什么大多数西方政客出身名门。广袤未知的人生地图在少女眼前徐徐展开，她还没有准备好宝剑和骏马，但对去往何方，少女没有丝毫犹豫。

她在一家塑料公司找了份研究员的工作，这只是为谋生。政治家要讲究仪表，她每天一丝不苟穿着 Burberry 挤班车。她利用业余时间给保守党委员会当志愿者秘书，牺牲假期到处跑会，拼命磨炼演讲辩论技能。无论旁人怎么看，玛格丽特不放过任何施展才华的机会。

1948 年夏天，转机到来。玛格丽特在肯特郡保守党的一次会议上发表政见。会后，一位中年男士走来说道 ："我所听过的年轻演讲者以你最佳，"话锋一转，"可否让我做推荐人，引荐你正式加入保守党？"

此人是阿尔弗雷德 · 博瑟姆，玛格丽特政治生涯之父。

作为政客，博瑟姆水平一般般。在发掘玛格丽特之前，他人生的高光时刻也就是和丘吉尔聊过天。

这次相逢改变了两个人的命运 ：伯乐因高徒青史留名，珍珠遇到了识才慧眼。

此时正值大不列颠繁华落尽之时。澳大利亚、南非、印度等大批原殖民地纷纷独立，国内经济衰退、政府臃肿，逐年增长的只有财政赤字，帝国百病缠身。国家呼唤着改变，老迈的保守党呼唤新血。

博瑟姆看出这不屈不挠的小姑娘身上蕴藏着惊人潜力。他带着玛格丽特到处结交人脉，资助她竞选，教导她做政客的全套规矩，当她自家孩子一般，甚至主持她的婚宴。

得遇良师是幸运的，而玛格丽特显然是个优秀的学生。1950 年第一次参选，初出茅庐的她从劲敌手中斩落六千票。虽然才二十四岁，但玛格丽特凭借强悍斗志和卓越口才，让人们对她刮目相看。

紧接着，她过关斩将，力克二十五名政界好手，成为达特福德地区保守党议员候选人。有些人心怀疑虑，一个小店主的女儿，凭什么？然而玛格丽特无所畏惧。决选当天，玛格丽特身着深色长裙发表了15 分钟政策演讲。她自幼苦练童子功，早已是用语言操控情绪的高手，知道每段话要有个强力结尾，语调要铿锵，话语要简短，每次别超过六个字。

少女骑士初试身手，一战成名。在达特福德，她收获大票粉丝，其中最为她着迷的名叫丹尼斯 · 撒切尔，比玛格丽特年长十岁，不久后成了她丈夫。

多年后，传记作者毫不客气地揭穿玛格丽特脚踩几条船，和丹尼斯约会时还交往着另一个单身汉，只不过被后者拒了，这才退求其次。

玛格丽特并不觉任何良心亏欠。她的信条是面对目标全力以赴，一切为了梦想，配偶是人生最重要的合伙人，当然更要细选精挑。

很难说丹尼斯对此完全一无所知，但他用行动证明了自己才是最有资格站在玛格丽特身后的男人。

终其一生，丹尼斯是玛格丽特当之无愧的头号粉丝。玛格丽特整天在外奔忙，连龙凤胎都顾不上管，他从不抱怨。为支持妻子参选，他拼命挣钱。他擅长品评美酒，甚至把王太后发展成了酒友，这对爱得罪人的玛格丽特助益良多。

太太一路升迁，家里少不了宾客如云。许多工作人员都记得这个瘦高老头儿，在一次次筹办宴会的忙乱间隙，他站在楼梯上，和和气气询问经过的人："需要帮忙吗？我是玛格丽特的丈夫。"媒体评选十大最佳领导人配偶，丹尼斯是其中唯一男性。

两人度过金婚纪念日后不久，女儿问丹尼斯："婚姻对您意味着什么？"据说，丹尼斯手指尖儿轻敲自己的腿，想了许久，答道："幸福生活……以及忠诚的战友关系。"

人可以因为浪漫、名利或欲望走进婚姻，甚至"同龄人都成家了"也勉强算是结婚理由，但一桩长久而忠贞的姻缘，只能建立在灵魂的契合上。这两人的三观完全合拍，性格却恰好互补。丹尼斯腼腆，不喜欢抛头露面；玛格丽特外向，最爱在公众面前驳得对手灰头土脸。一个天生无法从政，一个是天生的政客。丹尼斯从不用什么贤妻良母的标准要求玛格丽特，是因为他知道，正是她，也只有她，能弥补自己最欠缺而又最渴望的部分：她的成功，是他的梦想。

父亲的梦想、导师的梦想，和亲密爱人的梦想，共同托举起了玛格丽特。羽毛已丰满，少女迎风展开双翼。

4

婚后两年，她在丈夫支持下改行做律师，在英国，这意味着一只脚已踏上职业政治家之路。

玛格丽特马不停蹄。1959 年，她进入下院担任代表保守党的后座议员。1961 年当上政务次官。1964 年升任下院前座发言人。1970 年成功进入内阁，就任教育大臣。

当初笑她是“雏鸡”的人们窃窃私语，媒体改口看好她，甚至有传言说她也许会成为首相。

“想聊政治，去找男人；要干实事，请找女人。”

这是玛格丽特的自信。

无论怎样，女人掌权总会遭到更多非难。当初在牛津，连演讲协会都不屑为她敞开大门，只因为性别。男人挺立于坚实大地，女人双脚下却多是流沙。你柔弱，人们理所当然无视你，即便被踩过头顶，最好保持微笑一声不吭；你强大，人们又会说你不够本分，有违妇德。

你谨慎守旧，新闻标题写成“政治叫女人走开！”；你若敢锐意革新，放心吧，前方自有大棒劈头而来。

玛格丽特就在教育大臣任上栽过跟头。她主张为小学增加教师，狠抓孩子们的读写算技能，可是并没有经费。她绞尽脑汁拆东墙补西墙，取消学生免费牛奶，落了个“牛奶贼”的称号。玛格丽特的解释是钱要用在刀刃上，当爹妈的不能连孩子的饭钱都指望国家。当然谁也不肯买账，媒体一片大骂，阁臣纷纷反对。没几年她黯然下台，然而绰号如影随形，跟了一辈子。

玛格丽特并不介意，称这段经历为“宝贵的一课”。她坦言：“人总要先自力更生，政府才能帮到你。我们有义务照顾好自己，然后多帮帮邻居，生活就是互助。很多人不承担义务，只会喊权利，净想靠政府发补助金，哪有这回事！”

可见这人着实不机灵，近乎憨直。大家都爱眼前花，政客哪个不是夸足海口画下福利大饼？只要现时多拉选票，怕什么寅吃卯粮？

终其一生，她永远是老爸的小女儿，“下铺上住”杂货店里长大起来的倔丫头，朴素的中产价值观从未改变。

世间可称为勇气之物，大抵源自柔情。或许正因一路走来从不缺乏父亲、师友和丈夫的爱与护持，让玛格丽特终生保持着这份原本只属于少女的憨直无畏。

打不倒你的东西，必然促使你变得更强大。

短短几年间，政局动荡，失业率飙升，大罢工频繁爆发，政府几乎破产。保守党内原定的党魁候选人扛不住沉重的压力，临阵脱逃，玛格丽特抓住了机会。

“必须有人站出来，这就是我！”

1975年2月，她被推举为保守党的主席。政界集体惊掉下巴，包括最支持她的丹尼斯。有人酸溜溜表示，她之所以赢，是因为没人把她当回事，因为男对手们的怜悯之心。赢家才不在乎闲话。玛格丽特身边开始聚拢越来越多的支持者，铁风所至，众人无不屏息敛声。苏联记者恭送大号“Iron Lady”，她欣然领受，把绰号印上竞选横幅。

1979年5月，保守党大选获胜，撒切尔夫人入主唐宁街10号，欧洲政坛第一位女首相诞生。玛格丽特光华全盛，“杂货店之女”创造了历史。

执政11年，铁娘子获得的诋毁和赞誉几乎相等。2002年，BBC评选百名伟人，她名列十六；一年后，电视台评选100个最可恨的英国人，她“荣膺”第三。但有一点，即便反对者也会承认：正是撒切尔夫人的强力改革使英国免于像多数欧洲小兄弟一样沦落，直到现在还保持举世公认的发达地位。时至今日，人们仍受惠于她的政治遗产。

珍珠被岁月之手收归匣中，少女骑士还剑入鞘。2013年4月8日，玛格丽特·撒切尔溘然长逝。九天后，葬礼在圣保罗教堂举行，规格仅次于王室。八十六岁高龄的伊丽莎白二世一身丧服，前来送别。女王黑色大衣领口里佩戴着三重珍珠项链，犹如铁娘子在生时酬答国宾一般。伊丽莎白在位以来，送别过两位故世的首相，上一位蒙受此殊荣的重臣正是温斯顿·丘吉尔。

倚仗努力和坚持，以梦想为马、勇气为剑、爱为双翼，最终玛格丽特·撒切尔将预言书写成了命运。不好看？没问题。不讨喜？没关系。出身贫寒？不打紧。沙砾历经百千磨砺而成珠，老天爱每一个憨女孩。无须等待被骑士拯救，拿起长剑，出发吧，少女！

16

1949 —

梅丽尔·斯特里普

Meryl Streep

"生活对你而言就这么简单吗？"
"也许是因为我要求的不多。"

美国影视演员，以演技高超著称，代表作品有《猎鹿人》《克莱默夫妇》《廊桥遗梦》《穿普拉达的女王》等。多次入围奥斯卡最佳女配角、最佳女主角并三次获奖，是奥斯卡史上入围最多次的演员。还曾获得柏林电影节、戛纳电影节、金球奖、艾美奖的多个奖项。2014年获颁总统自由勋章。

不想当明星的超级明星

文 / 李晓木

一天，梅丽尔·斯特里普打车回家，下车后走到司机窗前去付车费，司机认出了她，问道："你不是大明星吗，你来这里干吗，观光贫民窟？""我就住在这里呀！"她轻声回答，然后拿着司机找给她的零钱匆匆离去。

那天她穿着一身白色的衬衣和裙子，从后面看上去像是护士或传教士，就是不像一个正在蹿红的大明星。而从正面看明显的一脸不高兴——这样的事情怎么又发生了，她是真的非常不愿意别人认出她来。

1

梅丽尔在好莱坞是明星中的明星，却和这个行业始终保持着一种自我设定的距离，从来不让自己迷失在人们的崇拜和欢呼之中。她是非常讨厌当明星的梅丽尔·斯特里普。

这个在影坛闯荡多年的女人，在奥斯卡金像奖的历史上留下了傲人的纪录：21 次获得奖项提名，包括 17 次最佳女主角提名以及 4 次最佳女配角提名，共获得3座小金人，是个不折不扣的老戏骨。

有人在光环中迷失，也有人因本能地排斥光环而一直清醒，梅丽尔是后者。清醒让她从来都知道自己是谁，要什么样的生活。她眼里的戏剧，是自己真正热爱的事情，无关名和利，她渴望过上平凡普通的生活，做自己最爱的工作，只是她做到了与众不同的出色。

2

梅丽尔·斯特里普的戏剧人生很早就开始了。

1949年6月22日，她出生在美国新泽西的一个小镇上，父亲是一个制药公司的主管，喜欢弹钢琴，母亲是一名艺术家，喜欢演唱。

小时候的她就显露出极强的艺术天赋。十二岁那年，她在学校的圣诞音乐节上独唱了《神圣之夜》，她唱得好极了，她的家人和同学们都被她的儿童花腔女高音给镇住了，她第一次赢得了热烈的掌声，并爱上了这种感觉。

她的母亲认为不应该浪费梅丽尔在这方面的天赋，便通过各种方式，找到了曼哈顿最杰出的声乐教师，教她唱歌。

一次偶然的机会，梅丽尔来到改变了自己一生的瓦萨学院学习音乐。她在这里发现，相比于音乐课，自己更爱戏剧课，课堂上每一个人物的塑造和模仿，都充满了趣味。

有一天戏剧课上，她扮演《欲望号街车》里失望的南方美人白兰奇。

当时梅丽尔的老师兼导演克林特正坐在厅中，他以为自己在做梦，因为梅丽尔的表演让他毛骨悚然。她不像许多瓦萨的女生那样装模作样地表演，对自己所扮演的角色毫无理解。梅丽尔不一样，她赋予了角色想法和灵魂，他记住了这个表演天赋极高的姑娘。

随后他邀请梅丽尔出演《茱莉小姐》，这部戏的导演对她评价很高："这部戏中她表现出了一股妖娆的味道，这么年轻就能如此，实在使人吃惊。"

也是这部戏，让很多专业人士看到她日后必将成为超级明星的端倪。

后来她去了耶鲁大学念研究生，一边学习戏剧艺术，一边开始积极参加各种演出。

她力求完美的创造力终于集中在一个具体的目标上了，她笃定自己要去做一名真正的演员。当时的梅丽尔并没有钱，她没有别的办法，只好在当地的一个廉价的小饭馆当跑堂，挣自己的学费，她一边端汉堡和油煎食品，一边观察顾客的各种形态，揣摩他们的心理。

那时，她身边的朋友都深信不疑，只要有一个好的机会，她将大放异彩。

这个机会就是电影《猎鹿人》。

3

1977 年，著名的导演西米诺邀请梅丽尔和凯泽尔参加拍摄影片《猎鹿人》。那时的梅丽尔和凯泽尔正是热恋中的情侣，同样为艺术狂热，同样才华横溢，就在他们答应西米诺导演参加拍摄时，却不知道凯泽尔已经笼罩在死亡的阴影之下。七个月后，凯泽尔一直身体不适无精打采，医生最终诊断他患的是癌症。

对梅丽尔来说不幸中的万幸是，她有机会和凯泽尔一起拍电影，虽然是最后一次。那段时间梅丽尔的生活只有两项内容：表演和看护凯泽尔。

这部电影让她第一次获得奥斯卡提名，她最杰出的表演完全都是为了凯泽尔，也是他们对这份感情最好的留念。

梅丽尔每天努力工作，塑造人物的血肉，挖掘人物的内心，对一个性格坚强、不声不响的女人来讲，这部电影中的琳达是一个很具挑战性的角色。

这部电影还未公映，凯泽尔就与世长辞了。她的悲伤不声不响，却渗入骨髓，她的世界灰暗了下来。

为此，梅丽尔的弟弟哈里三世搬来和她同住，强迫她吃东西、打扮、散步。为了驱散悲伤，她在凯泽尔去世的三周后，就开始了电影《乔泰南的诱惑》的拍摄工作。工作没有减轻她的痛苦，却确实使她不再进一步沮丧颓废下去。

拍完《乔泰南的诱惑》以后，她弟弟哈里三世的朋友康纳德·耿墨去了欧洲旅行，房子空着，梅丽尔就去了那里暂住。

梅丽尔最先是通过耿墨的室内装饰了解他的，她丝毫没有想到自己很快会嫁给这间屋子的主人。梅丽尔喜欢他家里那种不重物质的气息，从很旧的沙发和那些磨损的生活用具，可以看出他是一个认真研究技术的艺术家。

耿墨朴素的家，让梅丽尔感受到了他那种极力保护自己个人私生活的意图，而梅丽尔也有珍视自己的空间和工作的想法，与耿墨不谋而合。

于是梅丽尔开始与他通信，穿越大洋两岸的信件，证实了他们真的有许多共同之处：都受过良好的教育，都有支持他们从事艺术事业和爱他们的家庭，都对工作极度热爱专注。

耿墨从欧洲旅行回来后，他们恋爱了，并很快结婚，她的家人都很高兴。梅丽尔也一直很庆幸，耿墨是一个搞艺术的人，他理解她工作的特点和需要。

他们的爱情建立在根深蒂固的相互信任的基础之上，他们是彼此最亲密的朋友。

4

1979年，梅丽尔拍摄了日后让她名声大噪的电影《克莱默夫妇》。

当初为了争取到这个让她心动不已的角色，她也确实费了一番周折。当时电影主创并不想冒险把克莱默太太的角色给梅丽尔，那时《猎鹿人》和《乔泰南的诱惑》还没有放映，梅丽尔的名气，显然还不足以扮演大明星达斯汀·霍夫曼在影片中的妻子。

后来主创们抱着试一试的心理，看看她能否扮演影片中的小角色，可是一试戏，大家都被梅丽尔的表演吸引得挪不开目光，当即拍板，让她饰演霍夫曼的妻子汉娜。

梅丽尔高兴之余，也暗自下决心，要按自己的艺术手法，演出自己所理解的汉娜，她也因此与霍夫曼争执了很久。

有一场戏是拍梅丽尔和霍夫曼为了争夺孩子的监护权，在餐馆里见面，梅丽尔要求改变自己对白的顺序。根据剧本，他们一开始的谈话就是梅丽尔提出抚养权一事，而拍摄时她却要求把这件事情放到后面去说，称其会更有助于剧情的推进和人们对汉娜的同情。霍夫曼认为她这是在抢戏，他盛怒之下把一个玻璃杯扔到了墙上。

导演同意试试看，霍夫曼不同意，争论了很长一段时间，梅丽尔终于还是把霍夫曼说服了。为了不辜负大家的这份信任，每一个镜头，她都非常认真努力。

生活中的梅丽尔是一个敏锐的观察者，最喜欢穿一件旧汗衫在街上漫步，观察普通老百姓如何处理自己的事情，她在心里暗暗记录人们的姿态和语调，以备以后扮演角色时使用。

汉娜这个人物，就有她平时观察自己的母亲和几个女朋友的影子。

功夫不负有心人，她凭借汉娜这个角色，第一次拿下了奥斯卡最佳女配角的“小金人”，霍夫曼则拿到了最佳男主角，他也终于明白：她并不是为自己争风头而是为了戏好，当她认为自己正确的时候，她会坚持己见，不让别人胡来。

当一个人成长以后，在了解了世界不是由鲜花和掌声构成的之后，她还能坚持自己认为正确的事情，那是因为她拥有了付出足够的努力后获得的自信。

5

就在事业如日中天之际，她怀孕了，她立即决定暂停所有的演出。

她永远都是为了家庭甚至愿意放弃事业的，她曾经也坦诚地说过：“任何事业都不能超过你生活的需要或你的人性。”

这段孕期也是她难得的一个假期，梅丽尔和耿墨第一次夫妻一起去欧洲度假。她想要摆脱好莱坞明星的光环，选择坐邮轮去英国。她和耿墨在甲板椅子上休息，大声朗读，心神放松，躲避签名。他们一同演唱，一起慢悠悠地进餐，徐徐的海风和丈夫的款款深情，让梅丽尔每一天都很快乐。他们和大多数准父母一样，谈孩子的样貌、兴趣、才华，谈如何培养孩子从小就尊重大自然和热爱文学。

从儿子出生那天起，她像天下所有的母亲一样，再也不愿意离开自己的宝贝。为了更好地照顾孩子,不受媒体的打扰,她特意去乡村找房子。

在房产经纪人看来，一个美国最热门的女明星，至少应该买一幢乔治王朝时代的大厦或者是巨大的乡村宅地，然而梅丽尔却仅仅选中了一幢只有三间房的小小农舍，这很符合她低调、从容的性格。

每当梅丽尔回到那所偏僻的乡间农舍，便很少离开这个家，那种田园气息带给她一种前所未有的轻松和自由之感。周末，她和耿墨带着儿子，在附近的村庄吃饭，原汁原味的食物，清新自然的风光，这是她梦寐以求的生活。

乡村的生活缓解了她盛名之下的压力,带给了她前所未有的愉悦。后来回到好莱坞，在选择剧本的时候，她变得更加挑剔，当经纪人给她的剧本不符合她的高要求时，她会毫不犹豫地推开。

梅丽尔对某些事情不再有耐性，不是因为她变得骄傲，只是因为她的生命已到了一定的阶段，她不想再浪费时间在一些让她感到不愉快或是伤害她的事情上，更没有耐心去应付那些不值得她付出耐心的人。

她已经有能力为自己所有的选择负责。

6

一旦有了喜欢的剧本，她真的可以为之拼命。

演电影《苏菲的选择》时，她为了更贴近这个角色的口音，开拍前三个月就请了一名发声指导学习波兰语和德语，每天长时间地朗读简·奥斯丁和乔治·艾略特的作品，经常连续三个小时也不休息。渐渐地，她感觉自己说话越来越贴近女主角了。因为学得太像了，儿了去探班的时候因为认不出妈妈号啕大哭。

在《紫苑草》里，为了达到冻僵的效果，梅丽尔在开拍前半小时紧紧抱住一大袋冰块，差点昏迷。

在三十多年的演艺生涯中，她塑造了各式各样的女性角色，演绎她们的痛苦与挣扎，不带有任何评价，只是负责展现，让观众自己慢慢地理解每个角色的不同魅力。

在《穿普拉达的女王》中她饰演气场全开的杂志主编米兰达，她视工作如生命，为之可以抛弃本应珍视的生活。米兰达可以忽视生活中的亲情、爱情，甚至最后她为了保住她的工作，出卖了一直支持她工作的朋友。

当第二任丈夫提出和她离婚，米兰达还没意识到正是她过分的偏执，使她失去了生活中应该享有的幸福。而她还给了自己一个看似完美无缺的理由 ：“没有选择”。

在令梅丽尔第二次获得奥斯卡最佳女主角的影片《铁娘子》中，她演活了铁娘子撒切尔夫人一生的坚固与柔情。

尤其是梅丽尔演的撒切尔夫人送走丈夫那一段剧情真的是赚足了观众的眼泪——在门前目送丈夫离开时，她那通红的眼眶、湿润的双眼、微微颤抖的身躯，挽留的话从急切转变为低喃，都堪称教科书级别的表演。

她呈现的撒切尔夫人的丧夫之痛，晚年生活的凄苦，丝丝入扣地让观众沉浸其中。任你如何位高权重，终究逃不脱死亡的结局，而人生最重大的意义，就是做有意义的事，珍惜身边的人。

无论梅丽尔的成绩多么斐然，她对自己最大的要求始终是要有真实感和落地感。梅丽尔拒绝任何人的保护和帮助，她喜欢自己去商场买东西，因为她不愿做一个不接地气、和生活脱节的人。

平凡的生活和持续不断地成长，在她看来，并不冲突。梅丽尔深深地知道，一个人成名以后，要花相当大的力气去保持自己成名以前的东西，保持敏锐的视角，保持努力，保持深度思考，如果丧失了这种观察力，那么他的演艺生涯也就此停滞不前了。

她坚持这样做，仅仅是因为她想做最优秀的演员。梅丽尔·斯特里普，就是当代最优秀的女演员，她得到了自己最想得到的。

17

1954 –

董明珠

Dong Mingzhu

真正的竞争对手是你自己。

企业家，现为珠海格力电器股份有限公司董事长。先后荣获“中国经济年度人物”“中国最佳CEO”“亚太最具影响力的25位商界女性”“全球50大最具影响力女性”“2017中国最杰出商业女性”等称号。

你的眼界，决定你的世界

文 / 汪贵贵

一直认为，很多女人心里都住着一头猛虎，不过有的女人活成了蔷薇，有的女人活成了“卑微”。

如果女人自由地释放心中猛虎，她独立到孤独，强大到彪悍，却还被人说是“性感”，那她是不是很强大？

她是董明珠。她青年丧偶，独自带着儿子，在中年开始了人生逆袭。鲁豫说，她的人生无比自由，因为她从不用掩饰自己。她横眉冷对，在男人扎堆的商场厮杀。

董小姐不是一个没有故事的女同学。她是一匹野马，给了“女人”这个词以新的诠释，也给了女人以新的人生可能。

因为，即使彪悍，她也要做到极致。

1

董明珠的奋斗故事，并没有金光闪闪的开始。三十岁之前，她也只是个没有太大梦想的端铁饭碗的普通职工。

在我们的生活里，很多女人在三四十岁的时候总会有一些危机感——孩子还小、老人渐老，职业上面临着后浪的冲击，家庭生活乏善可陈，夫妻关系甚至紧张。

更可怕的是，这个年龄段的女人，每天淹没在重重压力中，记忆力开始下降，自己的时间有限，根本没精力学习新的东西。可是，她明明知道这不是她想要的生活，却承受不住现实和理想的冲撞，于是开始抱怨和暴躁——怨妇就是这么变成的。

如果要比惨，三十来岁的董明珠的遭遇够哭个一天一夜的。如果要说压力，三十来岁的董明珠能倒出几大桶苦水。

董明珠 1954 年出生在南京，父母都是普通人，并没有什么主角光环。她的学历也普通，毕业于安徽省芜湖干部教育学院统计学专业，1975 年在南京一家化工研究所做行政管理工作。

稳定的工作、稳定的薪水、稳定却不是很富裕的生活——这是她三十岁之前的人生。如果没有后来那些意外，她也将一直做着这份稳定的工作，然后在五十五岁甚至更早退休，带孙子、跳广场舞，成为一个对生活有不满但也知足的老太太。

在她三十岁时，转折来了。

成功的人在成功之后被津津乐道的“转折点”，于当时的当事人而言，并没有多少传奇故事，有的只是煎熬和痛苦。

三十岁时，董明珠的丈夫因病去世，当时她的儿子只有两岁。

对一个女人来说，这绝对是巨大的打击。她边上班边带儿子。孩子小的时候，日子难熬，原本骑自行车上班的她，如今每天早上抱着儿子步行到单位，中午又步行抱回家吃饭，一天这样抱着孩子在路上走两个小时。

1990 年，董明珠三十六岁，儿子东东已经八岁了，在她的照料下懂事又独立。那时，改革开放的春风吹遍神州大地，她周围很多人都南下打拼，甚至辞去了公务员的职务。她想，就这么在家乡做一份稳定的工作也能生活下去，但注定不能给孩子更好的生活。她也动起了南下的念头。

可是，她的想法遭到了家人的反对。父母的理由也很充分：这么大年纪了，在年龄上没有优势；一直做行政文员的工作，并没有什么竞争力；孩子还小，没了爸爸，更需要妈妈在身边……

董明珠从小性格倔强，她想做的事情总想去试一试。总结下来，她觉得就是传统的“女人要稳定”“女主内”的思想阻碍了自己的南下。

于是，她和父母长谈:“孩子没了爸爸，我更要努力才行。”最终，她辞掉了化工研究所的行政工作，南下深圳。

快节奏的深圳和慢节奏的南京完全不同。到深圳之后，董明珠并没有立刻投身销售行业。一是因为她其实也很迷茫，人生地不熟，没有什么机会；二是因为她做事从不鲁莽，而是讲究事先规划。于是一开始，为了适应环境，她找的工作依然是行政文员。

直到不久后的一天，她去珠海看朋友，觉得这座城市不像南京那么“慵懒缓慢”，也不像深圳那样“行色匆匆”，于是她辞掉深圳的工作到了珠海，并且没有再做行政文员，而是到海利空调厂（格力电器前身）找了一份营销业务员的工作。

海利是一个只进行组装的国营小厂，年产空调只有 2 万台，仅有 20 名业务员。业务员没有保底工资，提成比例是 2%，差旅费和应酬费用还包含在这 2% 之内。

董明珠从没有接触过营销，而且已经三十六岁。按照现在这个年代人的看法，这个年龄并没有优势。但是，董明珠把偏见抛在脑后，一心往前冲。

在自传中，董明珠说：“要养活孩子和自己，销售提成对我讲十分重要，所以，我必须勤力再勤力。”

2

她没有机会学理论，也没有经验可借鉴，只好一路硬闯。

销售行业，从业人员男性多，而且鱼龙混杂。一开始，董明珠跟着一个男性业务员，跑东北和北京市场。从南到北，火车晃晃荡荡，她一下车就因为头晕摔了一跤。老业务员叫她在宾馆休息，她不干，既然来了就要学，一路又从北京跟到沈阳。好多天之后，摔到的地方依然在痛，一检查才发现是骨裂。

董明珠能吃苦，又聪明，她跟在老业务员后面记录、总结，很快就摸清了市场上的传统销售套路。不久之后，她被派往安徽，做安徽市场。

当时的安徽，是一个经济并不发达的省份，而当时空调还算是奢侈品。春兰、华宝等品牌是当时的名牌，海利厂子小，没有名气。董明珠在合肥的第一站就吃了闭门羹。

经过对市场的调研，董明珠发现，当时传统的空调市场，是典型的经销商市场，经销商、商场独大，有很强的话语权，几乎所有厂家的合作方式都是“先货后款”，也就是先发货，卖完之后才付钱。在销售行业，催讨欠款的能力和开发新业务的能力同等重要。

上一任安徽业务员还给她留下一笔烂账：合肥一个商场欠着 42 万元的货款未付。原本，她可以不管上一任的货款，但是因为责任心，她上门讨债。谁知道，碰上了一个用“拖”和“躲”赖账的总经理。

整整 40 天，董明珠只能用“磨”，最终从他的仓库里把空调拉了回去。

第一次独立分管市场，董明珠知道了市场的残酷。她的倔强以及原则性，让她下定决心：“一定要把先款后货执行下去。”

谈何容易！因为这个原则，她屡屡吃闭门羹。

分析市场，她准备各个击破，从淮南入手。

幸运的是，在淮南，她遇到了和她对脾气的女性商场经理，谈下了第一笔“先款后货”的合同。

董明珠做销售，不仅有超前的市场意识、贴心的服务意识，还有超强的营销意识。她不仅和商场经理打交道，还和商场营业员泡在一起，了解客户心理，策划营销活动，最终赢得了信任和订单。

董明珠的聪明之处还在于，她从来不是呆板的实干派，特别会动脑筋，根据不同地区的特点采取不同的销售策略。

当时，一些政府部门在寻求发展第三产业。在铜陵，董明珠就抓住了这个机会，和当地的电力“三产”部门合作，不仅做培训，还做营销策略，提高了政府“三产”部门的营业收入，也把自家的空调卖了出去。

就这样，1992 年，董明珠所在的安徽区域的销售额突破 1600 万元。初传捷报，加上海利空调新掌门人朱江洪上任，将厂子改名为“格力”，董明珠开始进入“格力时代”。

朱江洪是一名技术派、实干派，听到安徽区域成绩亮眼，便到安徽巡市场，颇为满意，又带着董明珠去江苏市场看看。

当时的南京，比安徽要时尚、前卫、富裕得多，空调市场早就被竞争对手占据，营业员们说起“格力”，一肚子怨言，说格力的货来了之后就没有人管了。

朱江洪内心知道，做销售，关键的不仅是产品，更是“人”。董明珠在安徽市场的布局、人脉、服务，他都看在眼里，于是他让董明珠接手江苏。

当时，董明珠并不想接手江苏，而是想在安徽深耕。但为了公司大局，她答应先接手南京市场。虽然困难重重，但她还是靠着坚韧和聪慧，敢想敢拼，找到了大的经销商，在南京市场拿下了大单。

在销售江湖闯荡过的人都知道，这个行当里男多女少，要想闯出名头，不仅需要斗智斗勇，更需要胆魄和实力。董明珠为人耿直，深受朱江洪的信任，但也正因为她的快言快语和铁腕，在人际关系复杂的公司内部得罪了不少人。直到 1994 年，格力电器遭遇内部危机，骨干集体跳槽，董明珠才临危受命，成为了格力经营部部长。

数据显示，1994 年，董明珠接手格力经营部时，格力的销售额是 4 个亿;2001 年,刚当总经理时,是 56 亿;2012 年,刚当董事长时,销售额飙到了 1000 亿；2014 年，格力的销售额完成了 1400 亿元的计划；而 2018 年，格力的销售额达到了 2000 亿。

董明珠成了格力的掌门人，被称为“打工皇后”。

她是一个有大局观的人，总能在一堆乱麻和困难中，看到未来的走向，从而理清脉络；她又是一个细心的人，能根据不同地方的特点采取不同的策略，各个击破，然后把典型策略复制推广。她身上，确实兼具开阔的男性思维和敏感的女性思维，在战略和战术上都能做得很好。

3

刚强如她，不仅给了生活一个暴击，还打下了属于自己的一片天。

从 1990 年进入格力，她没有休过一天年假。

她也不是不休假。每年年底她都会生病，生病的时候就休病假。她曾经持续高烧超过四十一度，还自己开车回家，盖了三床被子还觉得冷，心知这样下去会死，又挣扎着爬起来开车到医院。到了医院之后，两个人把她抬到了急诊室。

她在陈述这件事时，眼睛里也是笑笑的。

本不该以平常女人的心态来揣测她的心情，但再坚强的人也一定会有软弱的那一刻。在生活里，或多或少的，每个女人都有这样需要自己扛的时刻。董明珠的强大，也在于她从来就不抱幻想，也没有依靠，她很清楚她只有她自己。

当女人有了如男人一样的理性思维和强大的心理素质，她往往比男人做得更好。因为，她比男人更清醒，更经得住诱惑，也更自律。董明珠就是证明。

任何一件事情、任何一种性格，她都能坚持到极致。

比如她的“讲原则”。格力电器的股权结构复杂，如果不是董明珠在历次风暴中始终坚持原则，也不会有今天的欣欣向荣。

她不怕得罪经销商。有媒体评论说，董明珠和国美“斗”，为抵制国美降价而自建渠道宁折不弯；和渠道“斗”，咬死了先款后货，打造了格力国内顶尖的现金流；斗“国企积弊”，找朱江洪要财权，加快了整个经营部的反应速度；甚至是斗“大股东”，公开发言直指集团某些做法意在掏空上市公司，利用上市公司滋养腐败。

在接受主持人鲁豫的采访时，她说，即使市长介绍亲戚到公司，也依然要看个人能力。为了不让格力成为“靠关系的地方”，她拒绝了亲哥哥帮忙做经销商的要求，和他十几年不相往来。

她大刀阔斧地改革，敢动任何一个背景关系复杂的高管，即使要花半年时间。

她的气场强大，鲁豫说董明珠的员工很紧张，有“打起十二万分精神的感觉”。

她甚至不给儿子提供任何便利。儿子开着价格十几万的车，是个普通的上班族。

“有人说我不食人间烟火，他其实是没好意思说我不是人。”董明珠哈哈大笑。

人生的很多事情，都是博弈和权衡，有的人讨好了别人、失去了自我，有的人好像与世界格格不入，却能在自己的世界安然入梦、问心无愧。

鲁豫的评价很中肯：董明珠是一个自由的人。她不用讨好也不用取悦，不管是政府官员还是公司员工抑或是亲戚朋友，董明珠始终只有一个标准，从不改变。别人对她的看法根本左右不了她。她自己就是一棵大树，也不用依傍别人。

这样一来，她就有底气做自己。这是一种能力。

她说她不能有太多朋友，她也没有爱人。有人问她是否孤独，她说，这要看个人理解，并不是身边有很多人就不孤独。

砍柴的都以为皇帝用着金扁担。对于董明珠，诸如“是否遗憾没有家庭”“是不是高处不胜寒”之类的询问并没有意义。

她内心坚定、有事做、有梦想。

普通女人若能做到这三点，并在自己的领域做到极致，也能成就自己的天地。

4

董明珠总是热点不断。

财富中文网发布2016年中国最具影响力的25位商界女性榜单，董明珠居榜首。

还有一个关于董明珠的热点新闻很有意思：同学聚会，年龄最大的她反而显得最年轻。

董明珠已不再青春貌美，但对女人而言，胶原蛋白是和梦想同在的。

不管这个梦想是大是小，它始终能让人凝气提神，让身体和大脑都保持高速运转。

董小姐不需要浪漫主义的修饰，也不接受妖魔化的诋毁。

她从来都是她自己。

有人说，董明珠没有女人味。而任何一种性格和行事方式都是有利有弊的，做到极致，彪悍也能变成“有劲儿”的性感。

董明珠活出了女人的另一面。在这一面的人生里，她是一个斗士、勇者，即使很难，也从不害怕走上那条艰苦的道路。

18

1958—

严歌苓

Yan Geling

不管什么时候，都做一个不凑合
不打折不便宜不糟糕的好姑娘。

享誉世界文坛的华人作家，专业编剧，中国作家协会会员。擅长以中、英双语创作小说。其代表作有《金陵十三钗》《芳华》《小姨多鹤》《第九个寡妇》等，且多部被改编为口碑不错的影视作品。曾获亚太国际电影节最佳编剧等奖项。

用力生活，用力去爱

文 / 慕容素衣

严歌苓美到什么程度呢？据说马未都以前做编辑的时候，见到严歌苓都不敢正眼看，因为他觉得漂亮的姑娘都和自己没关系，何况是这么漂亮的姑娘。网上随手搜一下严歌苓年轻时的照片，都会令人惊叹不已，而她本人比照片更美，更明艳动人。这不是道听途说，而是我亲自见识过的。大约是在十年前，那时候我还在做记者，举办一个文学奖时，严歌苓正好出席了。

那天的颁奖仪式上，主办方特意安排了一个作家走红毯的环节，当严歌苓出现时,全场都被镇住了。那天她穿一条藕粉色的蕾丝长裙，纤细的颈上系一条长长的丝巾，化着精致的淡妆，往红毯上一站完全是明星的架势，走起路来更是婀娜多姿。

1

严歌苓是那种典型的上海女人，不夸张地说，真的精致到了头发丝，说起话来也是轻声细语，但回答起记者的提问来却特有主见，话不多，句句经典，直接记下来就是一篇上好的稿子。

现在想起来，那时候她已经年近半百了，身姿却依然挺拔如少女。很多同龄的女人早就已经放弃了身材管理，所以更显得她难得。严歌苓属于天生丽质那类人，又自幼学习舞蹈，身形自然比寻常人匀称优美，但如果不是对自己严格要求，是很难做到终生美丽的。

网上有一段严歌苓的话很流行，据说她每天下午三点写作完，都要换上漂亮衣服，化好妆，静候丈夫归来，她说："你要是爱丈夫，就不能吃得身材走形，不能肌肉松弛，不能脸容憔悴，这是爱的纪律。否则就是对他的不尊重，对爱的不尊重。"

这段话曾经被很多女权主义者抨击，认为这是对女性的矮化和物化，我却觉得这未免有点太过于上纲上线了。在这段话里面，我看到的是一个女人数十年如一日的自律。连与她交往二十多年的闺密陈冲都曾半开玩笑说，从没见过她不化妆的样子。出现在人前时，她永远打扮得一丝不苟，脚上踩着一双细高跟鞋。采访时曾有人问起她保持身材的秘诀，她淡淡地笑着说："少吃，多动。"还介绍了一些秘诀，例如晚上吃清淡一点，每天保持一定运动量。

女记者们在羡慕严歌苓身材的同时，不免又觉得这样的"修炼"太苦了。每天都要运动，说不定腰椎都劳损了，哪有躺着看电视舒服。晚餐只吃青菜？还是大口吃美食喝美酒来得痛快。化妆美容就别提了，有那个时间还不如多搓两圈麻将，不说别的，就说她那双鞋跟超过十厘米的细高跟鞋，就绝对不是寻常人消受得了的。

没错，踩着细高跟的严歌苓确实没有穿着平跟鞋的众多女生日子过得舒服随意，这么多年来，她一直保持着爱美的劲头，从未松弛，从未懈怠。这世界上所有的结果，都来自我们自己的选择。你选择轻松惬意，就不要埋怨身材发福走形；你选择不断地追求美丽，就要承担随之而来的累。

美貌就像才华一样，有些人天赋异禀，却并不懂得珍惜，年少时还可以任意挥霍，等挥霍完了，总有一天会泯然众人；有些人天资平平，却懂得苦心经营，在付出大量的汗水后，极有可能脱颖而出。

而严歌苓，恰巧属于天资出众而又不懈努力的，绝顶聪明加上绝世勤奋，才成就了她今天的“江湖地位”。

2

严歌苓的一生，可以看作是“一个女人能够活得有多拼”的范本。别看她外表如此娟秀，骨子里却十分坚韧，对自己特别能下得了狠手。她出生于一个文艺气息浓厚的家庭，父亲萧马是作家，母亲是话剧演员，她从小就跟着父亲读俄国小说，听着母亲在窗户下念莎翁剧的台词。

十二岁那年，她报考部队文工团，成为了一名跳芭蕾舞的文艺兵。在文工团里，小小年纪的她永远是最勤奋的那一个，整整八年里，她坚持每天早上四点起床练功，将腿高高地架在窗棂上，哪怕是给人写信时，她也一边保持着这个姿势一边写。

二十岁时，她发表了处女作：童话诗《量角器与扑克牌的对话》，此后她迷上了写作。从这一刻起，她给自己重新定位，一个重要转折点出现了，她不想再做舞蹈演员，成为作家对她产生了更大的吸引力。

三十岁那年，她在国内已经小有名气了，却因为一次偶然的机会到国外访问，因此有了出国的念头。那时她英语基础很差，就抱回几本《新概念英语》教材和一摞磁带，开始和英语死磕。为了学好英语，她在父亲的背上、摩托车上、屋里屋外都贴满了写着单词的纸条。就这样，她从腿、胳膊这样简单的单词都不会，一直练到能够用英语流利地写作、演讲。

严歌苓学英语疯狂到什么程度呢？她上杨澜主持的《天下女人》时曾说过一个段子，说有次家里来了客人，父亲说："你出去走走，休息休息，顺便买一条鱼回来，我们烧着吃。"她抱着字典就出门了，嘴里背着单词来到菜市场买了鱼，又一路背着单词回家。结果一进门，父亲望着她："鱼呢？"她才发现那鱼早不知道被放到哪去了。就是凭着这股子劲头，她硬是考上了哥伦比亚艺术学院。

三十一岁，她开始系统地学习用英文写作，老师布置大家写三页，她就规定自己至少写六页交上去。与此同时，她还得拼命打工贴补生活，初到美国时，刷碗、端盘子之类的粗活都干过，即便这样，她仍靠刻苦学习，成了班上唯一一个拿满 A 的学生。后来她回忆说："那是我一生唯一一段干实际工作的时期，除此之外都是不务实的工作，比如早年跳舞，后来写作。而这段时期，我就像任何一个中国留学生、中国新移民那样，讨生活，挣饭钱。好像多出一条命来，是脱胎换骨的一种。"

在作家里面，严歌苓以勤奋出名，自从二十岁开始写作，她几乎每天都保持着这样的写作状态：清早起床，吃过简单的早餐后就开始一天的写作，从早上九点一直写到下午三四点左右，中间连吃东西也顾不上。为了保持最理想的创作状态，她在写作时手机总是关机，任何人都不能打扰她，并一直坚持用纸笔写作。

写作支配着她所有的喜怒哀乐，父亲萧马说她："哪天没有那么几句神来之笔的话，就睡也睡不好。她有严重的失眠症，如果这一天写了两句好的，下半夜就可以睡得好了，否则一天难受。"有段时间，写作状态不理想，她失眠长达三十多天，只能靠服用安眠药入睡。如此燃烧自己，换来的是一年至少一部长篇，而且几乎部部都是精品。

严歌苓在写作上特别较真，她曾在接受《新快报》记者采访时说："我认为二手生活来源于体验，我必须用采访和感知进入我没有办法经历的一切。"正因如此，她在每写作一部小说前，都要花费大量的时间和金钱去体验小说中人物的生活，为了写《小姨多鹤》，她去了三趟日本，仅请翻译这一项就得 150 美元一天；为了写《第九个寡妇》，她跑到河南一个农村里去，和村里人同吃同住，只为最真实地记录下他们生活的一点一滴；为了写《妈阁是座城》，她特意跑到澳门去赌钱，以此来体验赌徒的心理……

她曾经说自己是个文学上的“吉卜赛人”，不停地游走于世界上各个地方，从不同的生活中汲取养分，变成一部部风格各异的作品。

3

“聪明人用的都是笨办法”，是严歌苓常常挂在嘴边的一句口头禅，这可能正是她之所以如此成功的诀窍。许多人自恃聪明，总是不肯下苦功夫，她却从来不吝惜自己的力气，写作起来是如此，恋爱起来更是如此。

按照常理来说，像严歌苓这样才貌双全的女人，理应万千宠爱在一身，很多漂亮女人就是这样被男人宠坏的，只懂得享受被爱，完全没有考虑过付出。严歌苓却完全不一样，她是那种爱起来就不惜力的人，有时甚至到了不知道保护自己的地步。

她的初恋开始得很早，那时她还是个十五岁的小姑娘，情窦初开，喜欢上了一个年龄大她一倍的军官，觉得他英俊潇洒，与他深深地坠入了情网。那时部队里私下恋爱是违纪，可她根本顾不上什么纪律，每天都给他写一封情书，短短几个月里就写了一百多封情书。

以严歌苓的文采，那些情书想来一定写得特别动人吧，可惜的是，它们全部写给了一个不懂欣赏或者说不解风情的人。后来那个男人移情别恋，喜欢了一个比她年龄大的姑娘，为了表示对新欢的忠心，他选择了出卖旧爱，将严歌苓写给他的情书全部上交给了组织。

小小年纪的严歌苓被贴上了“作风不好”的标签，那是她人生中第一次意识到，在关键时刻，男人反而没有女人坚定。这次恋爱带来的后果堪称惨烈，“要一遍一遍写检讨、当众念，很长一段时间没有角色演。”

这个故事和《芳华》很像，《芳华》海报上的跳舞剪影，就是根据严歌苓本人的照片做的。在《芳华》里，“活雷锋”刘峰被叫去调查，审问他的军官说：“你对她有什么想法，手往哪里摸，咱聊的是细节……”现实中，严歌苓也是这样被上级要求一遍一遍地写检查。许多年后回想起这段初恋，她只说了三个字——“不值得”。

严歌苓曾经写过一部小说叫《穗子物语》，书中说穗子是“一个犯了情痨的姑娘”，其实这说的就是她自己，穗子就是以她为原型创作的。她就像穗子一样犯了情痨，非得爱上个什么人，而且爱得扒心扒肺使尽全力，否则满腔的柔情蜜意就没地方放。其实不单是穗子，她笔下的女主角都是一爱起来就像犯了情痨，日本姑娘多鹤是这样，河南农妇王葡萄也是这样，《一个女人的史诗》中的田苏菲更是如此。

可这样的深情，在尘世中又有几个男人可以配得上，可以想见，在追求爱情的路上，严歌苓就像她小说中的女主角们那样，必定吃过不少苦，受过不少伤。惨烈的初恋之后，她又有过一段短暂的婚姻。步入婚姻那年她二十八岁，对方是作家李准的儿子李克威。两人的父亲都是作家，家族背景相似，算得上门当户对，认识后没多久就结婚了。

结婚没多久两人就先后出国了，李克威去了澳大利亚，严歌苓去了美国。两地分居，聚少离多，本就不牢靠的感情基础迅速动摇，到美国不久后，严歌苓收到李克威寄来的离婚协议，她很平静地在上面签了字，这时他们结婚只有三年。

尽管在情路上屡受挫折，严歌苓对爱情还是饱含着热望。神奇的是，世界上的事往往总是这样，你相信什么，最终就会得到什么。在美国时，她终于收获了理想中的爱情，那个人叫劳伦斯，是一名外交官。

起初，好友说要向她介绍劳伦斯时，严歌苓内心是有点排斥的。好友劝道："认识一下有什么关系？成就成，不成就拿他练练英文嘛！"谁知道一见面，这位外交官却操着一口流利的普通话，还带着东北口音，一下子让她备感亲切，而劳伦斯也被她的精致和优雅深深吸引。

这段异国恋也经受了各种考验。由于劳伦斯是外交官，严歌苓被美国的 FBI 反复盘问，甚至还叫她去测谎。她本人倒是觉得没什么，劳伦斯却生气了，一怒之下辞了职，并将美国国务院的门禁卡剪成了四块，装在信封里交给了上司，理由是不想再让心爱的女人受到侮辱。

这个举动确实非常具有英雄气概，彻底打动了严歌苓的芳心，她决定嫁给这个男人。婚后，劳伦斯对她也倍加呵护，严歌苓因为长期吃安眠药影响了身体，三次怀孕都没有保住孩子，劳伦斯非常心疼她，两人决定不生孩子，后来收养了一个女儿。

关于爱情和婚姻，严歌苓说过一段经典的话：“一个人在情感生活中只消耗而不储蓄是危险的。有价值有质量的爱情永远要去主动地‘挣’得。‘挣’的过程，是成长、成熟、纯化的过程，是辛勤和真诚地付出的过程。”其实不仅是爱情，有价值有质量的人生又何尝不需要主动去挣得？严歌苓能有今天这样的成就，这一切都是她主动去挣得的。

高晓松曾评价严歌苓：“一个这么美的女人，不怜悯自己，不怜悯这个世界，也不怜悯她笔下的人物。我觉得这是成为伟大作家的素质。”我倒觉得，这个评价未免稍有些偏颇，在严歌苓的小说里是读得到对他人、对这个世界的悲悯的，她只是真的丝毫都不怜悯自己，不管是写作还是恋爱，都保持着一种用力过猛的姿态，仿佛要将自己整个人都献祭出去。

如今，她已经六十一岁了，却仍然在写，仍然在爱。有人问到她为什么可以保持一年一部作品的写作激情时，她回答说：“我不写，干吗呢？我活着就是为了写故事，不写我会死的。”不必去感叹这样的人生会不会太累，要知道，有些人可能就像一团火，燃烧是她的宿命。

19

1964—

米歇尔·奥巴马

Michelle Obama

只要你坚定地朝着目标去努力，
一切皆有可能。这取决于你自己。

美国第44任总统贝拉克·奥巴马的妻子，第一位非洲裔总统夫人。2010年位列《福布斯》“最有权势女性”榜单榜首，当选2018年美国最受尊敬女性。

人生路上，步履不停

文 / 芦屋主人

遇到奥巴马之前，米歇尔的人生轨迹应该算得上世人眼里的“功成名就”：开名车，住大房子，穿高级定制衣服，过着精英阶层都在过的幸福日子。遇到奥巴马之前，米歇尔的人生信条是：我优秀吗？别人认为我足够优秀吗？

1

米歇尔刚上幼儿园的时候，老师教大家读一组新单词，米歇尔跃跃欲试。这是一组与颜色有关的单词，米歇尔很快地念出了 red、blue 这些单词，但念到 orange、white 的时候蒙了，她不懂怎么读。

那天晚上，她躺在床上，满脑子都是念不出的单词，她觉得自己很丢人，觉得自己很蠢。令她念念不忘的还有当天那些念对的孩子，老师奖励他们每人一颗金箔纸做的小星星，并戴在他们的胸前。

第二天去学校，米歇尔要求重新念一遍，老师开始不同意，她一直坚持，最后她一口气念了出来，包括不会念的那两个词。那天下午，她挺着胸膛回到家，胸前别着一枚金色的小星星。

从小，米歇尔的父母就教育她和哥哥要努力，要出人头地。为了给孩子更好的教育，米歇尔的父亲始终没有买房子，将买房子的钱用作孩子的教育准备资金。米歇尔从小就知道，自己必须优秀，才能拥有和白人一样的机会。

为了得到认可，为了足够优秀，她一直对自己严格要求，自律、努力、拼搏，她上普林斯顿、上哈佛，就像她自己描述的一样，她像射出的箭一样笔直向前冲去。

一定要优秀的信念令米歇尔小学成绩很优秀，甚至跳级。很顺利地，她考上了芝加哥最好的高中：惠特尼·扬高中，在那里，黑人学生很少，米歇尔感觉到自己的渺小。她开始怀疑自己是不是不够优秀。

她花了比别人更多的时间迎头赶上，拿到了几乎是全 A 的成绩，以排名前 10% 的成绩进入了美国国家高中荣誉生会。

因为她的哥哥在普林斯顿上大学，她也想考那里，但在申请大学的时候，学校的专业升学顾问泼了她一盆冷水，顾问说：“我觉得你不是上普林斯顿的料。”

米歇尔心里想：看来我还不够优秀。她深吸一口气下定决心：我要证明给你看！她给普林斯顿大学写了一封很长的自我介绍信，六个月后，她收到了普林斯顿的录取通知书。

这股不认输的韧劲，一直是她的特点和作风。

在普林斯顿大学，黑人不到学生总人数的 9%，男生是女生的两倍。

米歇尔属于少数人中的少数。

她每时每刻都在努力学习，每遇到一个新的挑战的时候她会问自己：我足够优秀吗？她需要别人的肯定，她在意别人的眼光。

事实证明她一直都很优秀。

从普林斯顿毕业后，她又考取了哈佛大学的法学院博士生。

这就是米歇尔的求学生涯，从小到大，她都要求自己做到最好，每遇到困难，她都坚持下来，并且要成为最优秀的那一个。

毫无意外，米歇尔的梦想实现了。从哈佛毕业后，她直接进入美国盛德高端律师事务所，成为一名让人羡慕不已的初级律师，几年后她也许就可以成为律所的合伙人。

在这里，米歇尔拿着爸爸几十年辛苦工作才能赚到的年薪，穿着 Armani 的套装，开着名车，过上了大家都羡慕的精英生活。

她终于能自豪地说：我真的很优秀。她终于得到了世俗的认可。

2

直到有一天，一名叫奥巴马的年轻人要到她的事务所实习，从此，她的一生发生了转变，她的命运就此改写，或者说，她的内心发生了变化。命运的奇妙之处就在于此：你的每一个遇见，都是命运的安排，而你对此还一无所知。

那是一个下雨天，米歇尔一如既往地准时来上班。今天将会有一个实习生来报到，米歇尔是他的负责人，这个实习生名叫贝拉克·奥巴马。

第一天，奥巴马就迟到了，米歇尔不是很满意，她的人生信条是自律。上班时间过了十分钟，那个帅气的实习生才到。

只见贝拉克·奥巴马穿着一身深色西装，因为下雨，衣服有点湿，他不好意思地咧嘴一笑，和米歇尔握手，为自己的迟到道歉。尽管奥巴马在来之前就有天才的名号，因为往年只招二年级的学生来这里实习，而奥巴马今年才刚完成法学院一年级的学业，但奥巴马并没有因此流露出一丝得意。

作为奥巴马的督导，米歇尔负责给奥巴马提供建议，让他有团队的归属感，保证奥巴马的心情愉快，因为这是事务所的招揽计划，在实习生毕业以后，可以来事务所做全职。

很快，米歇尔意识到奥巴马有很笃定的人生方向，这让米歇尔难以理解，因为奥巴马的观念和米歇尔很不一样。

奥巴马在哥伦比亚大学本科毕业后工作了几年，才考取了哈佛法学院。他似乎在一个和米歇尔截然不同的世界里即兴穿梭，没有对金钱、大房子的需求。他住在109街一间脏兮兮的公寓里，啃大部头的文学和哲学著作，写一些糟糕的诗歌，每个星期日还会斋戒，就像一个16世纪的隐士。

而米歇尔是一步接着一步、一环扣一环地走向成功，事务所的其他人也野心勃勃，卖力并焦虑地经营人脉，相比之下，奥巴马闲庭信步，平静超脱，这更增加了他的吸引力。他在事务所声誉与日俱增，受邀列席合伙人的会议。在实习期开始不久，他便做出一份三十页的管理备忘录，立刻引起了轰动。

米歇尔开始崇拜他，崇拜他的认真和自信。米歇尔觉得他为人谦逊，生活俭朴，但他有强大的头脑让特权世界向他敞开大门，他虽然与人相处得轻松愉快，爱开玩笑，但他身上有一种严肃对待一切的强烈的责任感。

米歇尔说奥巴马："他从不以别人为标杆来衡量自己的成就、自己的进步，而我有时就会这么做。"

这就是米歇尔总是要问自己"我在别人眼里足够优秀吗？"的原因，而奥巴马似乎没有这个困惑，他很坚定自己的选择，不在乎别人的目光。

米歇尔开始被奥巴马吸引，之前尽管奥巴马早就对她表示过好感，但她一直与他保持距离，她只想好好工作，早日成为合伙人。

米歇尔感到自己正被一点点地打乱。她一直小心翼翼地塑造自己的外在形象，她不允许自己哪里松懈或者哪里凌乱，正如她一直以来保持的生活习惯和方式，她不想任何地方出错。

也是因为这个原因，她没做好接纳他的准备。因为"他就像一阵风，可能会把一切事情吹乱"。

可米歇尔还是不由自主地被吸引了，她可能自己都不知道，其实她骨子里和他很像，都向往自由的生活，要做自己真正想做的人。

在参加完一个派对后，米歇尔送奥巴马回家，奥巴马也已察觉到米歇尔的变化，这天晚上，奥巴马问：我可以吻你吗？米歇尔的回答是把身体靠过去，他们开始交往了。

那个一直拼搏、按部就班成功的米歇尔，就这样被慢慢地瓦解了。

成功的定义是什么？是做一份自己不喜欢却能给自己带来奢侈富裕生活的工作，还是遵循自己内心，去做符合自己人生价值观的工作？

遇到奥巴马后，米歇尔开始反省，她对成功的定义是什么，她自己真正想追求什么样的生活？

其实，这些萌芽在米歇尔遇到奥巴马之前已经出现，只是米歇尔没有深思过，是奥巴马使她思考和做出改变。

奥巴马的目标比她明确得多。毕业后他已是哈佛法学院的明星学生，尽管各大律所向他抛出橄榄枝，他有无数的选择机会，但他直接忽略了车和房子这些东西，选择去一家小型公益律师事务所。

这无疑给米歇尔带来困惑和思考，她描述这一段心路历程时说：

“他（奥巴马）对自己的人生方向如此笃定，他强烈的使命感，一直在无形中拷问着我，因为我对未来的人生感到无比的迷茫。”

米歇尔意识到，原来她完全不喜欢当律师，她只是为了“优秀”，为了“被认可”才做这个工作的。

她感觉没有成就感，她想要过自己喜欢的生活。

“我讨厌做律师，我不适合这份工作，虽然我能把它做好，虽然所有人都认可我，但是它让我觉得空虚，我在这条路上狂奔着追求卓越，可我都没有注意到：我可能选错了路。我的热情在哪儿？我怎么把热情和有意义的工作结合起来？我害怕漫无目的的挣扎。

“我想要活得像一个完完整整的人，可我又渴望立马得到别人的尊重、得体的收入，我几乎没怎么认真思考，就进入了法律行业，我在想：我还能做什么？我还有什么技能？”

而就在米歇尔迷茫的过程中，她的父亲因病去世了，走的时候才五十五岁。

她最好的闺密苏珊娜因为癌症去世了，离开的时候只有二十六岁。

苏珊娜去世前，是一个活得自由自在的人。她在大学毕业后，放弃了一个去常青藤名校商学院的机会，而是去读一所州立大学的工商管理硕士学位，理由是这让她更轻松。她丢下了美联储电脑专家的工作，与母亲环游世界，和花心的流行歌手约会，这些，让一心向世俗的成功标准努力奋斗的米歇尔一度很不能理解。

米歇尔如今终于理解了苏珊娜的选择，她以前坚持苏珊娜的选择是错的，但现在她觉得，那也许是不一样的人生。

失去挚爱的亲人好友给米歇尔的内心带来震撼，人生短暂，如何赶紧做更有意义的事？

米歇尔辞职了，虽然这意味着要放弃高薪带来的奢侈生活。

“我告诉自己：我不能浪费生命。我该行动起来了，我面试了很多地方，奥巴马也鼓励我做各种各样的尝试。”

3

1991 年，米歇尔开始在芝加哥市政府的公共部门就职，担任市长助理，同时担任规划发展的助理专员，薪水只有当律师时的一半；一段时间后，她又去了一个薪水还要低得多的公益组织工作，低得几乎还不起贷款。

此时的米歇尔，不用去问“我在别人眼里足够优秀吗？”，她对成功有了新的定义，那就是遵循自己内心，做自己喜欢而有价值的事，才是真正的优秀。

成功的真正定义，不是向上爬，而是成为自己，成为你想做的人。

在奥巴马选择踏上竞选总统这条路时，米歇尔又面临一次选择。

当初奥巴马决定从政的时候，米歇尔心中很不乐意。她觉得一个人可以有很多方式来发挥影响力，为何一定要从政？

但米歇尔看到奥巴马坚定的信念，她想到了当初自己不做律师的时候，奥巴马支持她，鼓励她，从来没有怀疑过她的能力和决定，遇到困惑时，他总是说：“别担心，你可以做到，我们可以做到。”

所以，这次，当奥巴马第一次要竞选时，米歇尔同意了。

从政后的奥巴马变得很忙碌，有时候一周几天不见人影，此时米歇尔好不容易怀孕了，但几周后就流产了，这给米歇尔很大的打击。随后通过人工受孕的方式，米歇尔先后生下了两个女儿。

这期间，奥巴马政治生涯却一路“开挂”，成为伊利诺伊州参议员，准备竞选美国参议院的席位。

米歇尔一边工作，一边带孩子。她换了一份工作，去芝加哥大学医学中心负责社区对外事务。毕竟她要负担两个孩子的生活开支。

米歇尔感到疲惫不堪，感觉自己快崩溃了，她和奥巴马开始经常吵架。米歇尔的不认输个性令她希望能保护他们的婚姻，她拉奥巴马去做婚姻咨询，令关系得到一些改善。

米歇尔又做了调整，她决定和女儿们不再以奥巴马为中心点，不再无休止地等奥巴马回家吃晚饭，她给了奥巴马最后通牒，参议院竞选败选的话，他必须退出政界。

但奥巴马成功了，此次他不只属于米歇尔和两个女儿了。米歇尔感到伤心却无奈。但从认识奥巴马起，他的目光就盯着远方，盯着世界的前景。米歇尔知道，她没得选，她必须接受。

她说：“当我看到电视上，卡特里娜飓风给人们带来的灭顶之灾——我看到有的父母把孩子高举过头顶，自己浸泡在洪水里；我看着多少黑人家庭在体育馆里避难，挣扎着度过难熬的日日夜夜。我在医学中心的工作，让我知道有多少百姓，连基本的医保和住房都没有保障；贝拉克这么多年在基层，见过多少失业工人、退伍军人努力克服终生的残疾，想要走进社会；多少母亲跟他抱怨，把孩子送到了一个糟糕透顶的学校，后悔不已。我知道，我们的肩上有一种东西，叫责任。

“那就索性打开大门，把所有的可能性都迎进来吧！我同意了，因为我爱他，我相信他会是一个好总统。”

因为爱，因为责任，米歇尔选择支持奥巴马竞选总统。

尽管从政不是米歇尔的初衷，但在奥巴马当选总统后，米歇尔还是极力去做自己，做更好的自己。

随着丈夫入主白宫，米歇尔成为美国“第一夫人”，生活发生了天翻地覆的变化。也许，白宫不是米歇尔追求的梦想，但这里有她爱的家人，在这里，可以家庭、事业共存，有空时，她可以带着狗狗去丈夫的办公室走走，可以一家人共进晚餐。

她极力让这个家像个普通家庭，她让孩子们自己干家务，她和奥巴马尽量不错过孩子们的每一次家长会。

她在后花园种上有机蔬菜，她在美国校园推行“新营养午餐”，让很多肥胖孩子避免进食更多垃圾食品。

米歇尔的这些自我而朴素的第一家庭生活反而令她在美国声望大涨。米歇尔喜欢用唠家常的方式演讲，说起两个可爱的女儿，称她们是上帝赐给她最好的礼物；谈自己的丈夫，谈他多么优秀，称他可以改变美国。“我和所有的母亲一样，在事业和家庭的双重角色之间挣扎、疲于奔命。我最能理解这些母亲的心。”米歇尔这番肺腑之言赢得了很多美国妇女的心。

无论什么场合，她都会穿自己买的衣服，米歇尔的着装原则令她更加平易近人，“她穿我们平时穿的衣服”，媒体和民众对她这样评价，凭借高挑、自信、端庄的形象，米歇尔成为众多知名设计师追逐的焦点，备受美国时尚界的推崇。

奥巴马认为米歇尔才是家里“最耀眼的明星”。奥巴马说：“米歇尔不仅是我的妻子、我孩子的母亲，更是我的朋友。走上这条路并非她的本意，但她仍活出了自我，优雅而有决断，将这个角色扮演得恰如其分。”

至今，每当米歇尔演讲，奥巴马都会听得热泪盈眶。

在白宫，无论是第一夫人，还是米歇尔，这两种身份，她都能够胜任。

因为无论在哪里，就如她自己所说：我能做和做到最好的，永远是我自己。

4

2017 年，米歇尔和奥巴马结束了白宫的八年生活。新的起点、新的生活，米歇尔第一次感觉自己一身轻松，无须履行任何义务，无须背负他人的任何期望。

两个女儿都即将长大成人，她们对米歇尔的依赖比过去也少了许多；丈夫再也不用肩负治理整个国家的重任。

米歇尔说："从此，我将拥有更多的时间反思过去，做真正的自己。虽然如今我已五十四岁，但我仍在追求进步，我希望未来的我能够一如既往，永不停歇。"

丈夫当总统，女儿上了哈佛，米歇尔也许是全世界最幸运的人，她拥有最耀眼的光环，但她的成功却不仅仅以此为定义，她的人生也不靠此来加冕。

丰富的内心、有趣的灵魂、大胆的气魄、永远的上进心才是她的魅力所在。她活出了自己，活成了民众渴望成为的样子。

她就像一棵小草，凭着自己的力量，不断长高变强，穿透美国固化的阶层，成为一棵参天的树、一颗耀眼的星。

"对我来说，'成为'并不意味着一定要到达某个位置或者达到某一特定目标；相反，我认为'成为'应该是一种前进的状态，一种进化的方式，一种不断朝着更完美的自我奋斗的途径，这条道路没有终点。"

是的，人生没有设限，成为自己渴望成为的人，才是最优秀的自己。

20

1968 –

杨澜

Yang Lan

美是一种可以改变世界的力量，
每个人所拥有的美都是独一无二的。

知名媒体人，阳光媒体集团董事长，阳光文化基金会主席。2008年出任北京申办奥运会的形象大使，代表中国做申奥陈述。2010年上海世博会形象大使。2013年被《福布斯》评为全球最具影响力的100位女性之一。

留给世界的印象不仅仅是优雅

文 / 李菁

一直以来，在公众眼前，她大方得体、知性干练，有着当代职业女性的优雅。但她留给世界的不仅是这份从容丰盈，还有见识、勇敢与博爱之心。

做主持人期间，她采访了上千位世界政要和各界风云人物，被誉为“中国的华莱士”。她的访谈带有人性的温暖和思考的深度，与东西方的各路精英们谈古论今，记录每位受访者及其所处时代的故事，以对话者和沟通者的姿态，推进中国与世界的融合。

她，就是杨澜。

1

杨澜并非播音主持专业出身，本科就读于北京外国语大学英语专业。得益于语言上的优势，她在逾千人的选拔中脱颖而出，走进电视主持行业的大门。

良好的修养和丰富的文化底蕴，成为她的职场制胜法宝。1990—1993年，由杨澜主持的《正大综艺》曾是中国收视率最高的节目。然而对成长中的杨澜而言，她需要更多的养分来滋养自己的身心。于是，正在主持事业如日中天的时候，她选择放弃这条坦途，远赴哥伦比亚大学深造。她并不是那种墨守成规、循规蹈矩的人，相反，她内心一直渴望改变，追寻探索。在孤独的异乡求学，她不断用知识和阅历充实自己，不仅获得了国际事务专业的硕士学位，更对自己和世界有了更多的了解。

从美国学习回来以后，1997 年下半年，她开始制作访谈节目。从《杨澜视线》到《杨澜工作室》，再到后来的《杨澜访谈录》，她始终将采访当作探险，在这个过程中，她不畏艰难险阻，要将每件事都做到极致。

从小受家庭影响，杨澜很喜欢读书，学习能力也很强，这促使她形成了自律、严谨的工作作风。杨澜的采访对象多是不同国度的成功人士，每次做采访前，她都会做足功课，坚持尽可能多地阅读相关资料，看所有与采访内容相关的素材。别人劝她不要下这种笨功夫，因为在很多人看来主持人只要口才好、现场反应快就行了，可是她始终相信事先准备的程度和你做出的节目的效果完全成正比。你有多努力，就有多幸运。

为了带着独特的人生感悟去解读嘉宾的内心成长，进行思维和观点的各种碰撞，她不惧费时费力，亲自去到嘉宾工作和生活的现场，通过真实的记录和面对面的恳切交流，实现驻足受访人物心灵高地的实质目标。她想要做一名跨文化的沟通者，打磨出富有社会价值和品牌价值的高端电视作品，从中体现出世界的宽度、理性的深度和人性的温度。

正是因为勤奋细致、认真做事的态度，她在访谈中从容镇定、游刃有余，做出了诸多口碑甚佳的访谈。同时，她也从对方的眼神里看到了自己的价值，看到了这档访谈节目的价值，这成了她此后坚持不懈的事业。

杨澜曾说过：“在我看来，成功的首要意义在于做自己。新时代对成功的诠释已经悄然改变，它是活力与健康，而不是规模和权力；是自我的觉醒和接纳，而不是屈从于他人的期待；是多元包容的，而不是单一刻板的。”

女人自主独立的思想和开阔高远的视野，能够为自己带来尊严与光芒。

2

在美国哥伦比亚大学求学期间，杨澜参加朋友的一次家宴，宴席上她遇见了一个陌生的男人。面对他的目光时，她突然感觉到心脏跳动了一下。美好的相遇后，杨澜与他逐渐增多了解，直至充满信任。这个男人就是她现在的丈夫吴征。

在杨澜心中，吴征是个热情、开朗、直率、慷慨的大男孩，有着世界上最清澈的眼神和最阳光的笑容。而在吴征看来，杨澜善良、真诚，充满进取心。在向对方第一次表露爱意的时候，他们写下了同一句话：人生得一知己足矣。

他们个性和理想相同，三观一致，心灵相通，相知相惜。刚谈恋爱的时候，吴征说他要带杨澜去看世界，这句话深深打动了拥有一颗浪漫之心的姑娘。吴征并没有食言，相爱二十年，他们结伴去了四十多个国家旅行，一起去看这个世界各种各样的美景，体验不同国度的生活方式。相爱最浪漫的事情莫过于与心爱的人十指相扣,环游世界。

作为杨澜的丈夫，吴征总是站在背后无条件支持她的所有梦想。

1996 年，吴征尊重妻子回国的决定，卖掉美国的房子，举家迁回中国。

2000 年，杨澜决定开办专业电视频道“阳光卫视”，制作优质的人文历史原创节目。吴征给予了妻子精神与物质上的全力支持，在他们的共同努力下，一家名为“阳光文化”的公司成立了。

2002 年，公司面临经营困境，吴征通过资本运作为杨澜解决了最为关键的资金问题，他只想给妻子一个更稳定的舞台。

2005 年，阳光卫视的经营再次遇到资金困难，甚至已到了即将崩盘的临界点，吴征建议妻子将阳光卫视的股权让出去，让更合适的人去经营，她可以用更多的时间与精力，去做自己擅长的原创访谈节目。杨澜最终听从丈夫的建议，退出了阳光卫视的经营，这也意味着她脱掉商人的外衣，重回她所熟悉的文化传播事业，回归自己擅长的领域。

有一阵子杨澜遭到某些人的造谣诬陷，心灵备受打击，她忍不住心中的委屈与愤怒，在吴征面前哭起来。吴征先是耐心倾听，然后将她拥入怀中，坚定地说：“亲爱的，你要往前飞，不要向下看。”他知道妻子灵魂深处的弱点，他用自己宽阔的臂膀给她心灵的依靠，用温柔且有智慧的话语给予她动力，且始终陪伴在她左右，共同渡过难关。这时候，他们的爱情中多了肝胆相照的义气与不离不弃的默契。

正因为那些共同经历的得意与失意、荣耀与沧桑，在人生风浪最湍急处相携相助，使得他们之间建立起了牢不可破的深度信任。

杨澜曾表达过自己对婚姻的见解：“婚姻需要爱情之外的另一种纽带，最强韧的一种不是孩子，不是金钱，而是精神的共同成长。”判断一份感情品质优劣的最好方法，就是看情感中的两个人是否都有机会成为更好的自己，美好的关系应该是相互滋养、相互成全的。杨澜与吴征无疑在这份感情中都成为了更为丰盈的自己。

杨澜对自己的爱人充满了深爱与感激，2016 年出版的传记《世界很大，幸好有你》就是为了吴征而写，书的扉页写着一句深情的话：“谨以此书献给我的丈夫吴征，纪念结婚二十年一起看世界的日子。”

许多人说杨澜遇上吴征是她一生最大的幸运，可是只有成为好女人才能吸引这样的好男人，他们不仅做到了令人艳羡的珠联璧合，更在心灵世界旗鼓相当。杨澜把努力变成了一种习惯，也正是这份坚持，让她遇到了灵魂伴侣，并且拥有了幸福的婚姻。虽然遭遇过挫折，但是这种建立在共同理想之上的爱情犹如山中的幽兰，历经风雨，却始终散发出芬芳。

3

无论对事业还是家庭来说，杨澜都可谓是女性的成功典范。在她看来，一个完整的女人，应该是既会穿优雅的高跟鞋，又可以脚踏平底鞋。

时常出差的杨澜努力在家庭和事业之间维持动态的平衡，她根据自己的亲身经历给女性提出了建议：做自己喜欢的事，建立明确的目标，以及建立家庭的支持系统。

杨澜早已建立和完善了自己的家庭支持系统：财务自由，开车有司机，做饭、处理家务有保姆，带孩子有双方父母无私且周全的援助……这个支持系统给予了杨澜忙事业的自由，她坦言："谁也不是神仙，每天都只有二十四小时，你一定要适时发出求救信号，就像一棵树，根系越发达，养料越充分，就能长得越高。"

杨澜拥有一双儿女，孩子的到来，打开了她世界中另一扇窗，目之所及都是甜蜜与踏实。不用出差的时候，她会在家里陪孩子一起练钢琴、看动画片，带孩子去逛儿童游乐园，享受家庭其乐融融的幸福。

无论工作再忙碌、日程再紧张，她永远不会舍弃每年两次的家庭旅行。旅行、读书、知人，成为她丰富人生经验的三种方式。

对家人她也会照顾周全，尽可能记住所有有纪念意义的细节，比如，爸爸妈妈结婚多少年了？孩子今天有什么特别的事情？这些与家人有关的诸多琐事，她都会做好记录，并适时送上自己的祝福与陪伴。

在取得事业成功的同时，杨澜亦将自己的生活妥善安排，她关注自己的身心健康，养成了良好规律的生活习惯：不熬夜，饮食荤素搭配，不吃刺激性的食物，定期做瑜伽、打网球……有健康的身体，才会有旺盛的精力来承担一切。

4

杨澜相信，幸福要靠运气，但更要靠能力，其中有梦想的能力、创造的能力、感受的能力和分享的能力。

她拥有梦想的能力——对电视节目有着永不枯竭的激情，除了主持高端访谈类节目《杨澜访谈录》，她还担任《天下女人》节目的主持人，这些节目有着极高的影响力。

她拥有创造的能力——与歌后席琳·迪翁联手创办国内首家高端定制珠宝品牌 LAN 珠宝，并担任创意指导，将珠宝融入东方元素，融入了她独有的精神和审美。

她有感受的能力—— 一朵花盛开，一片云飘过，都会让她觉得无比欢喜。

她有分享的能力——不仅让自己获得幸福，还一直致力于带领更多的都市女性一起成长，一起拥有幸福。

杨澜除了做文化传播事业，还乐于做公益事业，她心中满怀着对这个世界的赤子之心、博爱之心，希望能帮助越来越多的人。

为此她在清华大学开设了“天下女人幸福力”课程，向大家推荐积极心理学家马丁·塞利格曼总结出的幸福的六种品质：智慧与知识、勇气、仁爱、正义、节制、精神卓越。她通过引进心理学的前沿成果，告诉天下女人：有这样一把“积极心理学”的钥匙，是能够打开我们心灵的密码，释放出内在的能力，每个人都会找到自己的幸福之路。

归根结底，幸福力是一种获取和传递幸福的能力，杨澜正是一个具有幸福力的新时代女性，她将这种幸福力源源不断地传递给下一个人。她把自己活成了一束光，她走到哪里，就会为那里洒下一片光亮。

她的身体里潜藏着巨大的能量，这种能量连接着世间万物，也联系着每一个渴望成长与获得爱的人。

5

不管在什么时候什么场合，杨澜都呈现出女性最为美丽的状态——成熟、敏锐与练达，这种美丽不炫目夺人，却自有非凡气场。

而在她看来，女人真正的优雅是天真。

如今的杨澜已经五十一岁了，但年龄的增长并没有磨灭她的天性，反而让她骨子里的那种天真得以生发。她始终都在努力做一个纯粹的人，以孩子般澄澈明净的眼光去打量这个世界。

有一次，杨澜去北京工人体育场参加歌手汪峰的盛大演唱会，在歌声中她尽情舞动肢体，跟着震撼灵魂的旋律一起欢呼、呐喊、歌唱，那是一种烂漫女孩的纯真，但又有超越年龄的醇熟。

个童心未泯的人，才是能感悟生活真谛的人，才能做到真正的优雅。杨澜深谙其道。

她以令人着迷的睿智和优雅，不动声色地穿梭于主持人、畅销书作家、企业家、慈善家，以及女儿、妻子、母亲等多重身份与角色之间，并满怀喜悦。正如她自己写下的一段人生感言：“虽然我不能选择出身，我还可以选择人生；即使我不能改变环境，我还可以选择离开；如果我爱的人不在身边，我就出发找他回来；也许悲哀、绝望、死亡都无可避免，但我相信喜悦、希望、生命与之同在，这就是我存在的证明。”

杨澜用自己的人生经历，诠释了女人幸福的真谛。

21

1969—

詹妮弗·安妮斯顿

Jennifer Aniston

我永远都是个向前看不向后看的人，
不会原地不动、坐以待毙的。
我要给自己新的生活，
而且现在我做得不错。

美国影视演员，因演出《老友记》走红，曾获金球奖、艾美奖和美国演员工会奖等。1995年获评美国娱乐周刊年度人物第一位，连续16年获选“全球最性感女人”。

你最好的样子就是做自己

文 / 朵娘

女人这一生，都有三次重活一遍的机会。

第一次，是母亲给的机会，借由母亲的身体，来到这个世界。

第二次，是婚姻给的机会，借由婚姻的力量，重构自己的世界。

第三次，是自己给的机会，借自律放任自我，遵照自己心意而活。

对詹妮弗·安妮斯顿来说，她感激母亲带给她生命，感谢婚姻曾带给她幸福，但当这两者试图去绑架她时，她就会毫不犹豫断舍离。她的人生就是一个不断挑战自我的旅程 ，在她看来，只有自己才能定义自己，她要做她生来就该成为的人。

1

詹妮弗·安妮斯顿反感任何人的道听途说与揣摩，哪怕这个人是自己的母亲也不行。1999 年，她的母亲南希出版了一本名为《我和我的明星女儿》的书，书中大曝母女私事。这成为压垮两人关系的最后一根稻草，让两人关系决裂。

南希曾是一名极度自律的模特，还是一位摄影师。在詹妮弗·安妮斯顿九岁时，她与丈夫离婚，独自抚养女儿长大。南希对女儿要求很高，对当地的青少年选美大赛有种狂热，希望她成为一个出类拔萃的孩子。然而安妮斯顿却觉得自己身上没有妈妈身上那种光彩，也不想成为母亲那样的人。女儿的反抗与母亲的失望，最终导致母女两人失和多年。

在安妮斯顿看来，自己虽然是由母亲带到这个美丽的世界的，但自己并不是母亲在这个世界上的代替品，有自己的思想、梦想与价值观。失和的母女关系，到最后也没能得到修缮——母亲喜欢被关注，喜欢聚光灯下的感觉，一本《我和我的明星女儿》让她再次出现在聚光灯下，却也将母女之间那点事曝光得淋漓尽致；女儿不喜欢生活被曝光，不喜欢被人评论，更不喜欢被人指指点点，人不是笼子里的动物，可是母亲的书，却让她沦为书上的动物，任人品评。

这本书的出版，导致母女关系彻底破裂，做母亲的永远失去了这个女儿。甚至有新闻传出，母亲因病去世后，出席葬礼后的安妮斯顿拒绝将母亲的骨灰带回家。无论新闻如何去编派她，她依然坚持自我，就如她自己所说：“肯定会有一些时刻，我会失衡会抓狂，但那都是在我的个人空间里。大多数时间，我可以坐下看着那些滑稽的新闻放声大笑。我不理会这些，专注于我的工作、我的朋友、我的宠物，专注于让世界变得更美好。其他的，都是些该塞进抽屉的垃圾食品。”

每个人出生时，手里都握有一副牌，这副牌便是父母所给的原生家庭。没有人能选择自己的父母，但却可以选择自己想要的生活。不接受亲情绑架的安妮斯顿选择了一个不断地挑战自我的人生——她演戏，她当导演，她做制片人，她做珠宝设计，她结婚离婚……在这些活动中，她遇见了一个又一个自己，逐渐摆脱了原生家庭的潜在影响，活出了自己的精彩。

2

事实上，第一次出现在大众眼前的安妮斯顿，就是豁出去的状态，只不过是借了瑞秋的壳——跳窗逃婚的瑞秋穿着婚纱冲进咖啡馆，她不惜打破父母为她建造的城堡，一头撞进这个真实残酷需要自己赚钱糊口的世界。

父母庇护的世界美好，但自我得不到释放，就连婚姻都不能自己说了算。从某种意义上来说，瑞秋的这种逃脱，也是安妮斯顿的逃脱。诚然，这个做自己的世界充满艰辛，但也其乐无穷，就如《老友记》里的莫妮卡所说："欢迎来到现实世界，它很糟糕，但是你会爱上它。"瑞秋在这个现实世界里一直蜕变着，从第一季第一集中逃婚出走的富家千金、一个对人情世故一无所知的傻大姐，到后来的成熟、甜美、感情丰富的事业型女性，她在成长中一步一步走向了自己。

安妮斯顿也随着瑞秋蜕变着，随着《老友记》的持续热播，瑞秋成为电视荧屏上最受欢迎的“老友”，成为美国电影电视史上30个最伟大的角色之一，安妮斯顿也从一个默默无闻的女演员忽然爆红，荣获金球奖、艾美奖和美国演员工会奖等，获评美国娱乐周刊年度人物第一位，连续16年获选“全球最性感女人”。

一时间，她成为“甜心”的代言人，是人见人爱的美人，她引领了时尚潮流，比如她的“瑞秋头”在美国受到狂热的追捧，风靡美国长达20年。男人想要和她在一起，女人想要变成她——人们心目中人见人爱的甜心宝贝，这么多光环加持，足以骄傲，足够绚烂。

然而，人生哪有一帆风顺，总会遇见波澜，安妮斯顿也未能幸免。

3

转折点来自那一场令世界瞩目的离婚。与布拉德·皮特的离婚，成为安妮斯顿人生的分水岭。

当然，这条分水岭是媒体造出来的，分水岭的一边，她是有着“国民未婚妻”之称的“美国甜心”；分水岭的另一边，她是一个被丈夫抛弃的可怜“傻白甜”。《老友记》拍摄并播放期间，这位“美国甜心”被布拉德·皮特宠爱着，被全美国人宠爱着。

布拉德·皮特说：“在詹妮弗之前，从来没有任何一个女朋友可以触及我的内心，但是她做到了，她是唯一的一个！詹是我的天使，我的生命，只要在她十步之内的范围，我就能感受到幸福！”

那时候，他实力宠妻，比如，有一年的情人节，皮特在她的化妆室里放了一整屋的玫瑰，还附上卡片：“我爱我老婆。”比如，他耗资数百万美元举办婚礼，现场摆有五万朵鲜花，组织了四十人大合唱团，在太平洋上空长久地燃起爱的幸福焰火。而她也爱他，她曾在媒体上公开表白：“我男人身上的味道就是全世界最好闻的味道。”

在最好的年龄，遇见对的人，一定是因为两人都处于人生中最好的状态，彼此的场域能量相互吸引。那时，安妮斯顿正爆红，皮特事业也节节上升，是当红流量小生。这样的金风玉露一相逢，自然就成为粉丝们眼中的“金童玉女”。然而，那一场世纪瞩目的离婚发生后，大众的态度变了，人们称皮特为“世纪渣男”，对安妮斯顿的看法改变了，甚至对“傻白甜”的评判标准也改变了。

人们怜惜她，她被贴上了新的标签——没有要男方任何赡养费的“傻白甜”，被辜负的落寞前妻，让人唏嘘的大龄弃妇。媒体总是将安妮斯顿和朱莉进行对比：颜值、衰老度、事业、爱情、收入……负面报道一波接一波而来。幸运的是，遇见皮特时安妮斯顿没让自己“低到尘埃里”，离开时就更不会。她有无懈可击的自控能力，离婚半年之后，她登上了《名利场》的封面，并在采访中表示，自己不愿被称为受害者，大家的“心疼”对她更是毫无意义。

这段婚姻让她明白：在一起不只是因为喜欢对方，更是因为喜欢当时那个状态下的自己，而分开是为了做更好的自己。人们笑她“傻白甜”，却不知道她的“傻”，只是力量与锋芒的收敛，这让她看起来不像安吉丽娜·朱莉那样霸道强势；她的“白”是给人给己留白，不咄咄逼人，给他人做自己的空间，也让自己活得心安。“我看着我妈那些年为了一次离婚而难过、愤怒，一直不肯放下，浪费了她的后半生，”詹妮弗说，“我感谢她这种无意中的牺牲，这让我免于重蹈她的覆辙。”

所以，当皮特婚内出轨，两人离婚时，作为受害者的安妮斯顿没有摆出受伤害的姿态，没有发文控诉以博取大家的同情，而是选择不去提起，以一种非常强悍的自律精神，强制自己远离是非，以自己喜欢的方式过好自己的生活。

4

事实上，情感再受挫，安妮斯顿也不会让自己消沉太久，早在多年前，她就已经放下。

记者问：“你是不是还在纠结离婚的事情？”

她答：“紧追不放和纠结的，是媒体。”

安妮斯顿的放下正是建立在极端自律的基础上，她曾多次在采访里说，陪你最久的人只有你自己。

所以，要善待自己，更要爱自己。

她转头就开始工作，而不是躺在《老友记》的光环和情感的阴影下停滞不前。爱人会离我们而去，工作永远不会。因为自律，擅长对自我“调兵遣将”的她，凭一己之力在自己喜欢的事业上取得了大丰收。

在她出道的二十九年里，前后接拍了《麦田守望的女孩》等数十部电影电视作品，几乎全年无休。不仅如此，她还学习做导演，顺势成为了制片人。除此之外，安妮斯顿还投资纯净水项目，亲自设计了自己的豪宅，并登上《建筑》周刊，获得业内人士好评，利用闲暇时间创立了个人香水品牌 Lolavie……

2015 年，安妮斯顿以 1650 万美元的年收入，在《福布斯》全球最高薪女星排行榜上名列第五。事实上，安妮斯顿的赚钱能力在业内是数一数二的，年年都上《福布斯》，2018 年是最赚钱女星第三名。

“傻白甜”的外衣下，是妥妥的霸道女总裁内核——从不在成功里止步，永远向前一步。比如，在拍摄《老友记》的巅峰时期，她就开始尝试转型影视行业，取得了非常不错的成绩：与金·凯瑞合作的《冒牌天神》票房大卖，甚至超越了《珍珠港》，在全球范围内达到 4.6 亿美元；与斯嘉丽·约翰逊等人合作的《他其实没那么喜欢你》成为北美票房冠军。

除了在事业上极端自律，安妮斯顿在健康管理、外形管理以及情绪管理上都不遗余力，表现出非凡的自控能力。她坚持健身，并聘请了好莱坞明星级的御用私教，每周锻炼五天，瑜伽、跑步，日复一日、年复一年地坚持着；她对自己足够狠，在饮食方面可以说是十分自律，几乎完全戒糖，日常主餐就是看着都没有食欲的蔬菜色拉或者鸡肉馅饼；她对外形管理严肃认真到骨子里，除了皮肤保养，她的头发保养之道非常出名——有专属发型师帮她护发。

安妮斯顿在四十岁生日的时候曾说："二十岁的时候，我什么都不懂。三十岁的时候，我开始想搞清这一切。当四十岁到来，我发现自己可以说'OK，我搞得定'。"

如今五十岁的安妮斯顿，不但凡事自己搞得定，而且有颜、有名、有钱、有马甲线，还有好人缘。这在她五十岁生日派对上可以窥见——大半个好莱坞的明星来参加派对，她的资源以及人脉可见一斑。

5

自律为自我护航，自我为自律导航。自律带来的经济自由，让安妮斯顿拥有保持自我的资本，让她不畏流言，坚定地活成自己的橄榄树。

与布拉德·皮特离婚后，就像在《老友记》里扮演的瑞秋一样，她勇敢地冲进了现实世界，不做任何与意志、与内心的皈依悖逆的事情。不纠结过往，不强求任何与内心相违背的感情，让它来时水到渠成，让它去时风轻云淡。

2012 年 8 月 10 日，她与男友贾斯汀·塞洛克斯宣布订婚，2015 年 8 月 5 日秘密完婚，正式再嫁。再次结婚后，各种八卦小报就不断偷拍詹妮弗，她怀孕了的消息满天飞。据说，在谷歌搜索上关心她是否怀孕的人比关心“我们是否处于战争时期”的人还要多。她通过《赫芬顿邮报》发了篇声明说 ：“不管是否结婚生子，我都是完整的。”

2018 年 2 月 16 日，安妮斯顿发表声明称已与贾斯汀 · 塞洛克斯离婚，结束了不到三年的婚姻。

针对她的再一次离婚，流言四起 ：太过自我，自我到自私，不愿意带一个小生命来到这个世界上 ；自私的女人，因为不愿意生孩子而离婚，实属活该。

而安妮斯顿却用坚韧和明朗活出自己的态度 ：“许多人指责我把事业放在当母亲的渴望之前，认为没有生育的女性是失败的。我认为这是不公平的。”“女人是完整的，无论她有没有伴侣，无论她有没有孩子。关于我们的身体，始终该是我们自己决定的，我们应该能为自己决定何为美。”“女人不需要结婚或是成为母亲才是‘完整’的。每一个人都能为自己决定想过什么样的‘从此以后幸福快乐’的生活。”

蔡志忠先生有一句话 ：“自己是什么就做什么 ；是西瓜就做西瓜，是冬瓜就做冬瓜，是苹果就做苹果 ；冬瓜不必羡慕西瓜，西瓜也不必嫉妒苹果……”从某种程度来说，安妮斯顿的忠于自己，底气来自自己对自己的成全，不去讨好他人，不委曲求全，不妄自菲薄 。

一个人要先成为自己的橄榄树，才能成为别人的橄榄树。

倔强如她，在自律中游走，在自控中绽放，不知不觉让自我之树扎了根、开了花、结了果，她的世界正在一天天广阔!

图书在版编目（CIP）数据

所有的答案都在人生里 / 慈怀读书会主编. — 南京：江苏凤凰文艺出版社，2019.10

ISBN 978-7-5594-3927-7

Ⅰ. ①所… Ⅱ. ①慈… Ⅲ. ①散文集－中国－当代 Ⅳ. ①I267

中国版本图书馆CIP数据核字(2019)第151717号

书　　名	所有的答案都在人生里
主　　编	慈怀读书会
责任编辑	孙金荣
特约编辑	郑嘉期
责任校对	张婉宜
出版统筹	孙小野
封面设计	刘振东
内文插图	姚　蔚
出版发行	江苏凤凰文艺出版社
出版社地址	南京市中央路165号，邮编：210009
出版社网址	http://www.jswenyi.com
印　　刷	山东岩琦印刷科技有限公司
开　　本	880毫米×1230毫米 1/32
印　　张	9.5
字　　数	182千字
版　　次	2019年10月第1版 2019年10月第1次印刷
标准书号	ISBN 978-7-5594-3927-7
定　　价	65.00元

FONGHONG
凤凰联动出品